1초의 미학

동녘문학 열다섯 번째 이야기

1초의
미학

초판 발행 2014년 12월 6일
지은이 동남문학

펴낸이 안창현 **펴낸곳** 코드미디어
북 디자인 Micky Ahn **교정 교열** 최윤성
등록 2001년 3월 7일
등록번호 제 25100-2001-5호
주소 서울시 은평구 갈현1동 419-19 1층
전화 02-6326-1402 **팩스** 02-388-1302
전자우편 codmedia@codmedia.com

ISBN 979-11-86104-07-1 03810

정가 10,000원

1초의 미학

온근하고 열다섯 번째 이야기

은행나무 숲에 불빛이 환합니다.

노란 불빛 아래 수북이 쌓인 은행잎이 발걸음을 가볍게 색칠 합니다
늦가을을 가슴에 담는 연인들의 웃음소리가 비밀의 숲에 풍경으로 흔들립니다.
그림책 속에서 아이들과 강아지들이 튀어 나와 노란 햇살 같은 이파리들을
뿌려댑니다.
가을 숲에는 이야기가 있습니다.
동화처럼 맑은 노래가 삽니다.
여기, 가을 숲 은행나무처럼 환하게 불 밝힌 이야기들이 햇살 가득 담고 얼굴을
내밀었습니다.

동남문학 문우들이 봄여름 가을겨울을 보내며 가슴에 담아 놓았던 이야기들을 펼쳐냈습니다.

열다섯 번째 풍경입니다.

말로 다 할 수 없어 때로는 가슴앓이를 했던 이야기를 언어로 풀어내고 자기 그림자 속에서 걸어 나와 고요히 노래합니다.

누구나 가슴 속에 자신이 사랑했던 사람의 무덤을 하나씩 지니고 산다고 합니다.

가슴속에 있는 것들을 추억처럼 조금씩 꺼내서 들여다보는 일, 사랑의 무게를 재어보는 일, 그것이 나를 찾아내는 일인지도 모릅니다.

스물네 명의 색깔들이 아름답게 빛납니다.

옷자락에 묻은 가을의 향기까지 모두 담아 낸 이 풍경들이 세상의 모든 쓸쓸한 이들에게 따뜻한 위로가 되었으면 좋겠습니다

사랑의 선물로 내어 줄 수 있었으면 좋겠습니다.

동남문학 열다섯 번째 이야기 숲에 불빛이 환합니다

동남문학회 회장

Contents

서선아

곽영호

김영숙

권명곡

작품은 시와 수필로 구성되어 있으며 수필 작품은 수필 아이콘을 표시해 두었습니다.

Contents

이규봉

김숙경

전옥수

박경옥

공석남

김주현

작품은 시와 수필로 구성되어 있으며 수필 작품은 수필 아이콘을 표시해 두었습니다.

Contents

정소영

장선희

김은희

원경상

작품은 시와 수필로 구성되어 있으며 수필 작품은 수필 아이콘을 표시해 두었습니다.

Contents

정정임

조영실

김광석

김명식

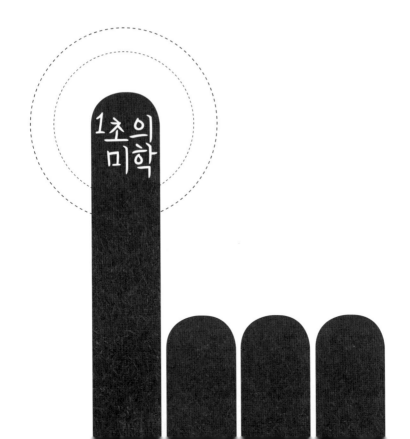

1초의 미학

전영구

돌아보니
돌아봐도
아무도 없다는 것이…
슬
프
다

시 ───────────────

수필 ───────────────

충남 아산 출생, 『문학시대』 시 부문 신인상 당선 등단, 『월간문학』 수필 부문 신인상 당선 등단, 한국문인
협회 권익옹호위원, 국제펜클럽 한국본부, 한국 수필가협회, 가톨릭 문인회, 『문학의집, 서울』, 경기시인협
회, 수원시인협회 회원, 대표 에세이 회원, 문파문인협회 회원
저서 : 시집 「애작」 외 3권, 수필집 「뒤 돌아보면」

사랑, 예시

처음은 엇박자로 들어왔다
인지도
일지도 모르는 의문을 안고
온 세포가 동원되어 파헤쳐 봐도
기우뚱한 시간의 실타래만 길게 늘어서 있다
게으른 뇌는 갈피를 못 잡고
막막한 가슴만 설레방 질이다

사랑을 알기도 전
아픔이 깔린 가슴을 밀치며
무혈 입성한 그대

분신과도 같았던 자존심을
무장해제시킨 사랑

사랑, 여정

그대로 인해 허공이 되고
그대로 인해 상처가 되었다

그대를 품고
난
후
얽인 인연
시름만 가득한 여정

얼핏
얼비친 환영이라도
그대라면 하는 무지한 집착

그대로 인해 허무가 되고
그대로 인해 상념만 남았다

사랑, 각인

한 치
망설임도 없이
깊이 파고들어
사랑이라는 파고에 휩쓸려버린
머쓱해진 감정덩어리들이
이미
비어버린 뇌리를 질타하는 사이
사랑이라는 불멸의 이름을
붉은 낙관처럼 가슴에 새겨놓았다

가고 없다는 허탈보다
가도 잊혀지지 않는다는 스멀거림이
사랑으로 각인되어
도도하게 저리 서 있다

^{수필}감정 숨기기

사람의 감정을 표현하자면 섬세한 여러 가지를 빼고 나면 크게 기쁨과 슬픔으로 나눌 수가 있다. 우리의 뇌 속에는 여러 가지 감정들이 뒤섞여 있지만 그중 가장 쉽게 그리고 빨리 와 닿는 감정이 기쁨과 슬픔일 것이다. 수면에서 깨어나면 누가 시키지 않아도 바로 가동이 되는 인간의 감정 그래프는 참으로 미묘한 차이가 있다. 사람은 혼자서도 가끔은 감정의 통제가 어려워, 우울해지거나 평정심을 갖기 힘이 들 정도의 기복을 보인다. 물론 뇌의 명령을 받아 행해지는 거지만 어떤 때는 감정 앞에 너무 무력하게 무너지는 걸 보면 인간도 나약한 존재임에는 틀림이 없다. 상대성을 보일 때는 더욱 심하다.

자신이 아닌 타인에 의해 화가 치밀었을 경우 아무리 도덕군자라 할지라도 얼굴에 드러난 표정을 숨기기가 어렵기 때문이다. 자기 자신만이 느끼고 완벽한 관리를 할 수 있다면 여느 첩보 영화에서처럼 주인공이 적군에 잡혀 첨단기계로 고문을 해도 감정의 높낮이가 완벽해 정보를 캐내는 데 실패하는 장면을 보게 된다. 다 그럴 수는 없을 것이다. 감추려 해도 감춰지지 않는 게 인간의 표정이다. 웃으면서 화를 낼 수는 없는 노릇 아닌가. 믿었던 사람에게서 감정적 배신을 당하고 그와 같이 얼굴을 맞대야 한다면 사소한 일이라도 자제가 쉽지는 않다.

그리 마음이 통하는 사이는 아니지만 몇몇이서 의기투합을 해서 스포츠 취미생활을 하며 자주 모임을 가진 적이 있다. 회원 중 유독 한 사람이 이것저것 하고 싶은 게 많은지 또 다른 종목을 병행하자고 했다. 당분간이라도 지금 모임에 충실하자 하니 싫은 기색을 드러내었다. 그러다 나도 모르는 사이에 회원들과 다른 종목에의 모임을 결성해 멀쩡히 있다가 왕따 아닌 왕따가 되어버린 일이 있었다. 연배도 있고 나름 친근감을 느꼈는데 그런 일이 있고 나니 그 사람을 대하기가 좀 어색해져 버렸다. 아무 일도 없는 듯 주위에서 생활하는 그를 보고 있자면 나도 모르게 짜증과 분노가 생기기도 했다. 그도 그가 좋아하는 사람들과 의기투합된 걸 뭐라 할 수도 없어 참아야 하는 지혜를 모으기에는 쉽지가 않았다.

감정은 어떤 현상에 대하여 일어나는 마음이나 기분을 뜻하는데 기분대로 행동을 할 수만 있다면 거친 욕설이라도 퍼붓고 싶은 충동을 느끼곤 한다. 특히 스포츠에 광적으로 집착을 하는 사람들을 보면 더 그런 것 같다. 자신이 응원을 하는 팀은 무조건 이겨야 되고, 상대 팀은 져야 기분이 풀리는 감정은 스스로 자제하기에 어려움이 있다. 이기면 세상이 떠나갈 듯한 함성을 지르며 기뻐하자만, 지면 그 분노를 이기지 못해, 고함과 욕설도 모자라 이물질을 경기장에 투척하기도 한다. 사람이 느낀 대로 행동을 한다면 짐승과 다를 게 뭐가 있을까? 생각하는 슬기로움이 있기에 자제를 할 수 있는 것이다. 세상에서 가장 무섭고 간사한 것이 사람의 마음이라 한다. 나 또한 그 안에서 마냥 자유로울 수는 없기에 남이 보는 내 시각을 생각하고 행동해야 한다.

감정의 사전적 의미는 생활체가 어떤 행동을 할 때 생기는 주관적인 동요라 한다. 기쁠 땐 바로 웃음이 나오고, 슬플 때는 필연적으로 눈물을 동반한다. 그게 감정의 동물이 할 수 있는 원초적인 동요이며 표현이다. 기쁨의 표현은 환한 웃음이나 환호가 더해져 아주 좋은 감정을 가지게 되고 그러다 보면 몸속에서 흔히 이야기하는 엔돌핀이 생겨난다고 한다. 그와 반대로 심하게 슬프거나 긴장, 초조가 겹치면 정서적 불안이 찾아와 남을 증오하고 신경계를 자극해 흥분을 하게 된다. 늘 기쁠 수는 없다. 반대로 늘 슬프지도 않다. 자신보다는 타인에게 자신의 감정을 걸쳐놓고 그가 밀치고 싶을 때 자신의 감정만 내세워 억지로 버티고 있는지 한번쯤은 돌아보는 여유가 필요하다. 내 감정이 아니라면 상대방 또한 아닐 것이다. 괜히 사소한 연연으로 상처의 늪에서 속만 끓이지 말고 자신을 다스리는 방법을 먼저 터득해 혹시 숨겨야 할 감정이 있더라도 표시 나지 않게 숨기는 지혜가 필요하다.

생각을 지배하는 결핍증

생각이 가지고 있는 행동의 지배력은 대단하다. 한 가지 사물을 가지고도 여러 각도로 바라보며 자신도 모르게 생각이 주는 지시에 따라 자신이나 남에게 그대로 전달이 되어 대인관계에 있어 스스로 고립을 자처하기도 한다. 관대한 생각을 가져도 쉽지 않은 게 사람의 관계인데 무언가 자신에게 있어 부족하거나, 이루고는 싶지만 결코 이뤄질 수 없는 그 무엇에 집착을 하다 보면 지나친 자아세계에 빠져 상대방의 의중에는 아랑곳없이 자신의 생각만을 펼치며 갖은 감정을 드러내 불편한 관계를 초래하는 것이다.

그중에서도 우리가 가장 쉽게 느낄 수 있는 것이 애정에 대한 결핍증이다. 자신이 이루지 못한 사랑에 대한 결핍은 곧잘 히스테리적인 표현으로 드러나 주위 사람들을 곤혹스럽게 한다. 애정에도 여러 가지의 성격이 있겠지만 나는 한때 일찍 돌아가신 아버지의 사랑을 받지 못한 것에 약간의 결핍증이 있었다. 거리를 다니다가도 다정하게 지나가는 父子를 보면 괜한 반감으로 신경질적인 반응을 보며 스스로를 달래느라 고생을 한 적이 있다. 나이가 좀 들어서도 친구들이 아빠라고 부르면 "나이가 몇인데 아빠라고 하나 창피하지도 않나?"하며 "아빠가 있어 좋겠다."라는 말투가 왠지 꼬여 있어 주위 사람들이 의아해한 적이 있다. 그래서 그런지 조금은 늦게 얻은 아들 녀석한테는 나를 부르는 명칭을 어릴 적부터 아버지라 부르게 했다. 아내마저 이해할 수 없다는 듯한 표정을 보이니 알게 모르게 아버지에 대한 애정 결핍이 내 안에 내재되어 있었던 것 같다.

　이성간의 애정결핍은 더욱 심했다. 20대 때에 남들 못지않은 외모에 끼를 지니고 활달한 대인관계를 자랑하던 나는 이성에 관해서는 무척이나 고지식했다. 남들이 쉽게 하는 표현으로 "여자께나 울렸겠다'는 반응에 너무 민감해 이성과 아예 담을 쌓고 지낼 정도로 과민하게 행동을 한 적이 있다. 친구가 여자 친구를 소개해도 콧방귀를 뀌며 잘해보라는 무관심으로 일관해 기분 상한 친구의 오해로 소원해졌던 적도 있다. 자신이 못하면 좋은 시선으로 바라봐도 시원치 않을 판국에 퉁명스럽게 대하니 그럴 수밖에 없을 것이다. 흔한 애인 하나 없이 청년시절을 보내고 나니 남는 건 술 뿐이었다. 매일같이 술집과 술친구를 찾아 하루를 마감하는 일이 다반사가 되니 몸과 정신이 황폐해져 삼십대 후반이 되어서야 아내를 연인으로 받아들이는 데 고생을 해야 했다. 오래된 습관처럼 굳어진 애정에 대한 결핍이 마음을 쉽게 열지 못하도록 방해를 하고 있었던 것이다. 지금은 아내와 아들을 늦게 만난 만큼 나름대로의 최선을 다해 표현하고 애정을 쏟아 붓고 있지만 우연한 계기나 고립된 생각이 주는 부족한 면의 넘침은 나에게 한동안 힘겨움을 안겨주고는 했다.

　결핍은 과잉으로 이어진다. 부족을 채우기 위해 나름대로 더 많은 노력을 한다는 것이 과잉반응을 일으켜 곧잘 주위를 어리둥절하게 만든다. 생각의 고립, 생각의 아집이 생각을 지배해 결핍증에 빠지게 만드는 것이다. 물론 인생사의 모두가 넘쳐흐른다면 자만으로 흘러 또다른 폐해가 우리를 괴롭힐 것이다. 넘치지도 않고, 부족하지도 않다면 더할 나위 없이 만족한 삶을 영위할 수 있겠지만 흔한 말처럼 삶은 그리 녹록하지 않은지라 어려움에서 빨리 빠져나오는 현명함이 필요하다. 자신의 부족은 더한 노력으로 메우고 넘침은 자제의 능력을 발휘해 결핍이 주는 절망에서 헤매지 말고 생각의 반전을 도모해 결핍을 노력의 발판으로 이용한다면 행복을 쉽게 찾을 수 있을 것이다. 결핍은 스스로 만들 수도 있지만 정신적으로 주어지는 게 많다. 하나하나 뒤집어 문제점을 찾아낸다면 남들이 자신의 결핍증을 느끼기 전에 내 안에서 떨쳐낼 수가 있다. 생각은 본인이 만드는 것이다. 본인이 만든 것을 스스로 통제할 수 없다면 절망이라는 단어는 곁을 떠나지 않을 것이다.

자신을 다스리는 법을 잘 생각해 좀 더 진취적인 생각을 끌어낼 수 있다면 결핍은 자신감으로 바뀔 수 있는 더 좋은 기회로 만들 수 있다.

김태실

가슴에 심은 문학 나무
흔들리지 않는 삶의 지표이다

「한국문인」수필 부문 당선 등단, 「문파문학」시 부문 당선 등단, 한국문인협회 문단정화위원, 국제 펜클럽
한국본부 회원, 한국수필가협회 회원, 가톨릭문인회 회원, 문파문학회 상임운영이사, 동남문학회 회장역임
수상 : 제3회 동남문학상, 제8회 한국문인상 수상, 2013년 한국수필 올해의 작가상
저서 : 시집 『그가 거기에』, 수필집 『이 남자』, 『그가 말 하네』
E-mail : ktskts1127@hanmail.net

달

진흙에 발 담근 연꽃처럼

칠흑에 쌓인 빛

그대 걷는 길 들여다보면

수십 년 지나온 바람 보인다

걷다 쓰러지면 길 옆 흙에 묻혀

무명의 작은 무덤 봉긋한 길

가슴속 응어리 발가락 고름으로 터져 나오고

시곗바늘 송곳들 피딱지 만들다 지쳐

무뎌질 때까지, 걷고 또 걸을 여인

이봐요 평생을 정해놓고 걷는 것도

마음대로 못할 복

별 쏟아져 내리는 밤이면

잠시 이곳을 생각해주시겠소

줄기차게 걷지 못한 발

빌려드리리다

산티아고 순례자 되고 싶은 가슴

조개껍데기 같은 손 모은다

인두

묵언 수행하는 수도승이다
쇳물 같은 열기를 품고 굽은 길을 펴
햇살에 내 걸던 옷깃들
낡고 해져 흔적 없이 사라진 지금
붉은 녹 몸에 두르고 놓여있다

쉴 틈 없이 화롯불에 얼굴 달궈
자존의 깃대 곧게 세우고
한 점 멍들지 않은 목련의 기품 살려내
바람 비켜 가는 소리 즐겨 듣더니
구름 흐른 발자국만큼 흘러와
오래된 것들과 섞여 있다

두 뼘 남짓 무게에 남아 있는 뜨거운 기억
녹슨 몸에 담고
잊혀진 이름으로 식어 있는 저 꼿꼿함
잊을 수 없는 어머니 손길이다

기억의 숲 1

삶은 창고다. 하루가 열리면 하루만큼의 사연이 생기고 열흘이 지나면 열흘만큼의 이야기가 쌓인다. 그렇게 살아온 각자의 창고에서 반짝이는 기억을 꺼내 확인하며 행복해하거나 혹은 괴로워한다. 먼지로 덮여 들춰낼 수 없는 것들에 비해 꺼내보고 꺼내보며 마음 때가 묻어 반들거리는 사연의 얼굴은 우리를 살게 하는 힘이다. 쓸어주고 닦아주면서 또 다른 하루를 열어가는 발걸음이다. 잊고 싶지 않은 기억으로 평생을 사는 사람에게 기억은 곧 삶이다.

딸을 혼인시키고 자나 깨나 먼 하늘을 바라봤다. 한국에서 식을 올리고 미국 샌 디에고에 가서 살고 있는 딸을 옆집처럼 달려가 만날 수 없어 목만 뺐다. 미국인 사위와 살고 있는 근황이 늘 궁금했다. 최첨단을 달리는 21세기에 스마트폰으로 소식을 주고받아 멀리 있다고 느끼지 못할 정도였지만 직접 보고 싶은 마음은 가라앉지 않았다. 간호사로서 병원근무와 대학원 공부를 병행하는 딸이 무척 비쁠 줄 알면서도 마음은 간절했다. 때맞춰 방학을 맞은 딸과 만날 수 있는 기회가 주어져 남편과 나는 미국으로 날아갔다.

한국이나 미국이나 공항은 가슴 설레는 곳이다. 어딘가를 향해 떠나거나 돌아오는 모습들, 누군가를 만나거나 헤어지는 눈빛이 교차하는 곳이다. 샌 디에고에서 거의 2~3시간을 달려 LAX^{The Los Angles International Airport}공항으로 마중 온 딸 부부를 만났을 때의 반가움은 아기가 엄마를 만났을 때의 반가움 못지않았다. 낯선 곳에 떨어졌다는 두려움과 언어의 장벽으로 이질감을 느끼던 순간이었기에 더욱 그랬다. 사위가 운전하는 차를 타고 193km를 달려 샌 디에고를 향해 가면서 나눈 이야기는 기억의 숲 입구의 싱그러운 나무가 되어 앞으로의 여정을 기대하게 했다.

샌 디에고 메리어트 호텔San Diego Marriott Marquis & Marina에 들었다. 발코니에서 보면 셀 수 없이 많은 보트가 줄지어 떠있고 코로나도Coronado섬이 보이는 태평양 끝자락이다. 티끌 하나 없이 푸른 하늘에 노을이 내리자 섬으로 연결된 다리와 어울려 환상적인 풍경이 펼쳐졌다. 넋을 놓고 바라봤다. 한 지구 안에 수많은 나라들, 세계는 하나라는데 지금 나는 어디에 있는가. 한국을 떠나 미국에 왔고 사람들은 여전히 존재한다. 날짜 변경선을 지난 이곳에서 하루를 더 살라고 하루만큼 시간이 되돌아갔다. 바닷물에 비친 코로나도의 불빛과 샌 디에고 다운타운의 야경을 보며 어둠의 고요는 어디나 같다는 생각을 했다.

다음 날 눈부신 아침을 맞았다. 햇살은 같은 풍경을 다르게 표현하는 기술을 가졌다. 발코니에서 내려다보니 새로운 환경이 투명한 눈빛으로 불러낸다. 밖으로 나갔다. 잠에서 깨어나는 나무들이 싱그럽게 기지개를 켜고 반짝이는 물결이 아침 새 지저귐처럼 신선하다. 간간이 조깅하는 사람들이 스쳐 지날 뿐 엠바르카데로 마리나 공원EMBARCADERO MARINA PARK은 한적하다. 풍경은 그늘과 햇빛으로 분명한 선을 긋는다. 지금은 빛이지만 그늘이 될 때가 온다. 하루에 한 번씩 그늘이 햇빛이 되고 햇빛이 그늘로 옮겨 앉는 일, 상대의 입장이 되는 자리바꿈이다. 한국을 떠나온 토종 한국인이 이국의 아침을 걸으며 샌 디에고의 공기를 가슴 깊이 마신다.

카지노의 천국 라스베거스를 향했다. 528km를 달려야하는 거리다. 환락의 도시를 향해 가는 길은 사막의 외길이다. 휴게실도 없다. 가도 가도 먼 산과 황량한 들판만 있을 뿐이다. 이곳에선 두세 시간 운전하는 것은 보통이며 급한 볼일이 생기면 길 외곽으로 빠져 주유소에 들리거나 슈퍼에 잠시 들려야 한다. 준비한 간식으로 차 안에서 끼니를 해결하며 새삼 미국 땅이 넓다는 걸 실감했다. 틈틈이 휴게소에 들릴 수 있는 한국의 고속도로는 얼마나 정겨운 곳인가. 음식을 먹고 휴식도 취할 수 있는 곳, 삶의 길에서 한 번씩 숨통 틔우는 곳이다. 고속도로 휴게소처럼 여행은 인생길에서 없어서는 안 될 충전소로 여겨졌다.

사막과 같은 길을 4시간 30분가량 달려 라스 베거스Las Vegas 입구에 다다랐다. 우리가 묵을 아리아 호텔Aria Hotel까지 가는 데는 가까운 거리임에도 불구하고 무려 1시간이 더 걸렸다. 라스 베거스 중심을 향해 꾸역꾸역 몰려드는 차량과, 음악에 맞춰 춤을 추는 벨라지오 분수Fountains of Bellagio를 구경하는 인파들로 장사진을 이루고 있다. 사막 한 가운데 현실에서 존재하는 유토피아를 본다. 여장을 풀고 호텔과 카지노가 줄지어 늘어선 화려한 길 라스 베거스 스트립Las Vegas Strip을 인파에 섞여 걸으며 세상에는 상상할 수 없는 세계가 있다는 것을 느껴본다.

밤이나 낮이나 한 자리에서 화면만 바라보며 사는 사람, 그들은 분명 다른 세상을 살고 있다. 도박 기계가 줄지어 선 담배연기 자욱한 곳에서 커피 잔을 옆에 놓고 한없이 빠져들어 현실을 잃어버렸다. 오로지 기계와의 싸움이 있을 뿐이다. 또는 원탁에 빙 둘러 앉아 딜러를 중심으로 사람들이 어울리고 있지만 그것은 철저한 자기고립의 세계이다. 밀고 밀리는 줄다리기에서 상대를 제압해야 하는 외롭고 고달픈 길이며 제압당했을 때는 처절한 패배를 맛봐야 하는 길이다. 삶의 희로애락이 공존하는 도박장은 길 위의 인생을 그렸다. 부스스한 사내 하나가 비틀대며 걷는다.

아리아 호텔에 있는 장 조르쥬Jean Georges식당에 갔다. 마치 중세 귀족사회에 와 있는 착각을 할 정도의 분위기 속에서 존재감을 잃었다. 현재에 있으면서도 지금이라 의식되지 않는 아련함, 차원이 다른 세계에 들어와 있는 낯설음이다. 분위기 못지않게 음식도 고급스러워 호사를 누린다는 생각이 들었다. 라스 베거스는 카지노 도시답게 거리마다 유명 메이커가 진을 치고 호텔은 화려하며 음식점은 고급분위기이다. 돈을 물 쓰듯 쓸 수 있는 장소를 만들어 놓고 누구나 언제든 오라 손짓하는 곳이다.

과일과 빵 등을 준비해 붉은 바위산에 갔다. 레드 락 캐년 국립 보호 지역Red Rock Canyon National Conservation Area인 이곳은 차 한 대당 $7(약 8천원)의 입장료를 받고 있다. 탁 트인 외길을 자동차로 달리며 기이한 형상의 바위산을 보았다. 밀가루 반죽 엉겨놓은 듯한 바위산이 중간 중간 색이 다르다. 베이지색이 선을 긋고 그 위에 붉은 황토색, 다시 그 위에 짙은 벽돌색이다. 어마어마한 바위산이 몇 가지 색으로 분류되어 있다는 사실이 눈길을 사로잡았다. 차에서 내려 바위산 초입 부분을 직접 밟아 보고 사막에나 있는 가시나무와 메마른 풀들을 살펴보면서 자연의 언어를 가슴에 담아 보았다. 사람이 살 수 없는 척박한 땅, 자연 그대로 색깔이 나뉜 바위가 관광명소가 되어 있는 사실이 신기하기도하고 부럽기도 했다.

  호텔이자 카지노인 스트라토스피어 타워Stratosphere tower에 올랐다. 350.2 미터 높이에서 보는 라스 베거스의 야경은 화려했다. 어둠 속에 뿌려진 지상의 은하수다. 무수한 사람들이 천국과 나락을 오르내리며 지내는 곳, 삶의 진정한 행복은 어디에 있는지 생각하지 않을 수 없었다. 뛰어들어 빠져드는 불빛의 유혹, 불나방의 천국은 아침 햇살에 죽은 듯 고요해진다. 때론 화면이 불빛인 듯 빠져들어 햇살이 핀 아침도 알지 못한다. 도박과 오락이 영혼을 지배하는 곳 라스 베거스, 이틀을 머물던 환상의 도시를 떠나 그랜드캐년을 향해 출발했다.

(수필) 기억의 숲 2

우거진 숲을 걸어 들어간다. '지금'과 멀지 않은 곳에 있는 기억의 숲이다. 발걸음을 옮길 때마다 반갑고 행복했던 추억이 떠오른다. 제각각의 모습으로 서 있는 나무들 가슴에 귀를 기울이면 간직한 이야기들의 재잘거림, 햇살에 반짝이는 나뭇잎처럼 손을 흔든다. 아름다운 나무 곁에 섰다. 한달음에 달려 나와 마중하는 기억, 잊을 수 없는 소중한 만남이다. 혼인으로 떠나보낸 분신과 함께한 며칠이 튼튼하게 서 있다. 나무가 가슴을 열어 보인다.

미국 샌 디에고에 둥지를 튼 딸 부부와의 여행은 일생 처음 느끼는 감동이었다. 언어가 통하지 않는 나라에서 우리 부부는 딸과 사위의 안내 덕분에 편안히 즐길 수 있었다. 며칠간 묵었던 라스 베거스를 출발해 그랜드 캐년을 향해 가는 길, 네바다 주와 아리조나 주 경계선에 있는 후버 댐Hoover Dam에 들렀다. 135만kw의 발전량을 가지고 있으며 높이가 221m인 이 댐은 수많은 송전탑이 있는 바위산과 나란히 있다. 대협곡에 거대한 댐이 존재한다는 사실이 놀랍다. 콜로라도 강을 막아 세우는 공사를 1931년에 시작해 5년 만에 완성된 댐은 미국 서부지역의 젖줄이 되고 있었다.

또다시 400km이상을 달려야 한다. 그랜드 캐년Grand Canyon을 향한 망망한 길이다. 작은 나무와 마른 풀들이 군데군데 펼쳐진 황야, 사막하면 모래사막만 생각했던 고정관념을 깨는 시간이다. 달리고 달려도 한결같은 풍경이다. 무료하기도 하지만 노래하고 이야기하며 가는 길은 즐거웠다. 우주 속의 지구는 하나의 별이고 전 세계가 들어 있는 지구별 중에 미국이 어마어마한 땅을 가지고 있다는 사실을 실감했다. 오랜 시간을 운전하면서도 지치지 않는 사위, 잠간 쉬고 다시 오래 운전하는 일은 미국에서 보통이라는 보편성에 놀랐다.

그랜드 캐년 국립공원 입구에서 입장료를 내고 우거진 숲속에 있는 야바파이 산장Yavapai Lodge을 찾아갔다. 자연에 깃든 숙소다. 낯선 장소가 친숙한 느낌이 드는 것은 우리가 자연에서 왔고 자연을 친구로 살아가기 때문일 것이다. 숙소에서 조금 떨어져 있는 브라이트 앤젤Bright Angel 식당에서 저녁식사를 하고 그랜드 캐년으로 향했다. 다행히 해가 지기 전에 도착했다. 순간 광활해서 거리를 가늠할 수 없는 풍광이 눈에 펼쳐졌다. 말로 듣고 사진으로 보던 곳, 빙하기에 시작해 현재에 이르는 무구한 세월 속에 형성된 지구의 역사가 거기 있었다. 거대한 콜로라도 강줄기가 한낱 실 줄기처럼 보이는 캐년의 장엄함에 할 말을 잃었다. 진한 오렌지색의 노을이 어둠속으로 스며드는 일몰은 가슴 벅찬 감동과 숙연함이다. 오래 어둠 속에 서 있었다.

이른 새벽 그랜드 캐년의 일출을 보기 위해 숙소를 출발했다. 5분쯤 달려간 후 차에서 내리자 어둠을 뚫고 사람들이 하나둘 모여들었다. 두꺼운 점퍼를 입고 모자와 장갑으로 단단히 무장했어도 파고드는 추위는 견디기 힘들었다. 먼 하늘이 열리며 빛이 새어나와 어둠 속에 잠겨 있던 암석과 협곡을 비추기 시작했다. 서서히 피어나는 꽃처럼 층층의 고대암석이 미묘한 색깔로 드러났다. 경이롭고 황홀했다. 손을 모으고 경건하게 장엄함과 마주했다. 매일 해는 떴고 그렇게 20억년이 지나온 곳, 그 앞에 잠시 쉬어가는 나그네인 우리의 삶은 얼마나 짧은 순간인가. 위대함과 신비로움을 그대로 간직하고 있는 그랜드 캐년의 아침을 맞으며 지금 현존한다는 사실이 감사했다.

그랜드 캐년의 감동을 가슴에 품고 샌 디에고에 있는 딸집을 향했다. 870km를 가야 하는 길이다. 멀고 먼 길을 자동차로 여행하는 것은 쉽지 않은 일이다. 허나 사막의 느낌을 즐겼고 우리와 함께 동행 하는 듯한 먼 산등성이를 그림처럼 바라봤다. 가끔 반대편으로 차 한 대가 지나갈 뿐 한참을 혼자 달려야 하는 외길이다. 빠른 속도로 달리고 있는데 그 자리에 정지해 있는 듯한 느낌, 어쩌면 삶이 그렇지 않을까. 시간은 바람처럼 흐르고 있는데 현재에 머물러 앞으로 나아가지 못하는 삶, 아무도 동행할 수 없는 인생은 혼자가야 하는 외로운 길이다. 그나마 가족이 있다는 것은 큰 위로가 된다. 지치고 넘어졌다가도 다시 일어설 수 있는 그 힘이 인간의 역사를 이어왔다.

새로운 곳을 향한 마음은 늘 설렌다. 샌 디에고 다운타운에서 그리 멀지 않은 카브리오 국립 기념비Cabrillo National Monument를 보러 갔다. 입장료는 약5천원. 스페인 사람 후안 로드리게스 카브리아Juan Rodriguez Cabrilla가 1542년 처음 캘리포니아에 상륙하여 캘리포니아의 역사가 시작된 기념비적인 곳이다. 주변경관이 아름답고 태평양을 한 눈에 내려다볼 수 있는 곳, 특히 석양이 아름답기로 유명하다. 인종시장 같다. 다양한 국적의 사람들이 눈부신 햇살을 받으며 자유로이 즐기고 있었다. 그 속에 끼어 500년쯤 전으로 거슬러 올라 도전적이고 모험심 많은 카브리아를 생각했다.

발보아 공원Balboa Park은 빼놓을 수 없는 반가운 장소다. 10,000그루 이상의 나무와 관목이 있어 자연을 느낄 수 있는 곳, 한국 드라마

'상속자들' 촬영지라 더 반갑다. 세계적인 박물관과 미술관 식물원 등이 9개나 모여 있어 동화 속에 들어온 느낌이었다. 스페인 풍의 건물들은 고풍스럽고 매력이 있다. 마치 공주가 되어 정원을 거닌다는 착각을 하게 만든다. 뿌리 넓은 나무를 발견했다. 허리까지 올라오는 뿌리 사이에 서면 우리는 아주 작은 사람이 된다. 얼마나 오랜 세월 나무 뿌리의 근육을 지상에 퍼지게 했는지 현재를 살아가는 사람들에게 말 없는 깨우침을 주고 있었다.

내일이면 한국으로 떠나야 한다. 저녁 식사를 하기 위해 샌 디에고 다운타운을 걸었다. 바람이 상쾌한 초가을 날씨다. 우리가 가고자 하는 피시 마켓 Fish Market 레스토랑 옆에 거대한 배가 정박돼 있다. 1941년부터 1945년 일본과 연합국 사이에 벌어진 태평양 전쟁에 참전했던 항공모함 미드웨이 호(5만 1천 톤급)이다. 일본의 무조건 항복으로 끝난 2차 세계대전은 그 유명한 해군병사와 간호사가 키스하는 동상을 만들어냈다. 미드웨이 호 바로 옆에 있는 이 동상 옆에 서 봤다. 우리 키는 정강이 정도였다. 무조건 항복Unconditional Surrender이란 제목을 달고 있는 동상은 곧 미국의 승리를 의미한다. 지금은 박물관으로 개조하여 사람들에게 가슴을 열어 보이는 미드웨이 호를 보며 역사의 발자취를 느껴본다.

기억의 숲에 몇 그루 나무를 심었다. 숲이 더욱 풍성해졌다. 추억 하나씩을 지니고 있는 나무가 싱싱하고 아름답다. 지쳤을 때 따뜻하게 손잡아 주고 외로울 때 어깨를 감싸 안아줄 영양제다. 슬프고 괴로울 때 이 숲으로 뛰어오리라. 따가운 햇살에 물기 마르고 툭툭 부러지는 고춧대처럼 마음 아플 때 이 숲에서 푸른 숨 쉬리라. 수억 년에 비하면 하루살이같이 짧은 삶이지만 바라보며 흐뭇한 미소 지을 수 있는 나무가 있어 행복하다. 멀고먼 샌 디에고에 살고 있는 딸 부부를 생각하며 오늘도 기억의 숲을 다녀간다. 발걸음이 가볍다.

운산
최정우

손끝이 시린 계절이다
시린 손을 잡아주듯
따뜻한 글 한 줄이 아쉽게 지나간다

시

경기 안성 출생, 『한국문인』 시 부문 신인상 당선 등단, 한국문인협회 회원, 경기시인협회 회원, 동남문학회
회원, 문파문학회 사무국장.
저 : 공저 「시간 속을 걸어가는 사람들」 외

거리에서

소가 거리에 누워 있다
개가 거리에 누워 있다
염소가 거리에 누워 있다
사람이 거리에 누워 있다

사람이 사람과 접촉하면 안된다

살아가는 일이다

차가 소를 피해 거리를 달린다
개가 차를 외면한채 졸고 있다
염소가 똥을 도로에 누고 있다
사람이 도로 가장자리에 쭈그리고 앉아 있다

태어난 이유를 묻고 싶어

거리에서 똥을 누고 있다

수도승이
뜨거운 열기를 이불 삼아

머리부터 발끝까지
이불 속에서 꾸벅 졸고 있다

산다는 것이다

남아 있는 풍경

어둠 깊이 터널 속으로 들어간다
털컹거리는 레일이 수직으로 떨어졌다
깊이를 알 수 없는 습한 공기
섬뜩하게 피부에 닿는다
헤드램프가 삶의 시작을 알렸다
굴착기가 굉음을 내며 뜯어내는
살덩어리가 고단하게 툭 떨어진다
삶이 검게 쌓여 갔다
땀구멍에서 솟아난 물줄기가 발끝까지 흘렀다
검은 피부 사이로 흐르는 검은 강
강물의 양이 늘어날수록
호흡이 가빠지고 있다
몸속까지 검은 강물이 흐른다
흐리한 불빛이 어둠에 쌓인다
한 평 남짓한 몸둥아리를 뉘여본다
공간 사이로 검은 공기가 흔들린다
벽을 허물고 있었다

눈동자가 검은 강물로 들어가던 날
검은 강가에서

아이들이 검게 물장구를 친다
기억을 거슬러 올라 지워졌었던
남아 있는 풍경이다

다시 봄이 오다

낙엽 타는 냄새가 슬금슬금 걸어 나온다
안개가 가두어 놓은 잊었던 소리였다
눈 내리는 겨울이 묻어 놓았던 기억이다
눈은 쌓여 가는데
잊은 줄 알았다
순간, 대지가 움직인다
눈 덮인 대지 위로 바람이 불어왔다
심장이 멎는 순간이다
파란 숨소리가 대지를 가르고 있다
뾰족하게 새싹이 튀어나온다
가슴 뛰는 소리가 바람을 흔든다
눈이 부시다
여린 햇빛이 잎을 닦는다
손바닥으로 파란 잎을 닦아본다
손바닥에 파란 잎이 물들고 있다
너의 얼굴에 내 얼굴을 부벼본다
내 얼굴에 뾰족한 새싹이 만져진다
너의 몸을 나의 가슴으로 닦아 본다
내 몸에도 파란 새싹이 걸어 나오고 있다
안개가 가두었던 소리였다

여인

죽은 여인을 위해 궁전을 짓는다
사랑하는 여인을 위해 보석으로 지어야 한다
찢어질 것 같은 가슴을 화려하게 채워야 한다
마른 눈물이 마음을 채우고 있다

새벽밥을 먹고
썩어가고 있는 육신을 묻으려고 궁전을 세운다
내려치는 채찍을 노임으로 받고
앙상한 뼈마디가 보석을 다듬는다

마른 눈물이 가슴을 타고 흘러내리고 있다
사랑하는 나의 여인은 궁궐을 짓다 굶어 죽었다
죽어서 뼈마디만 남길 여인을 위해
나의 여인은 굶고 굶어 보석처럼 앙상한 뼈를 남겼다

붉은, 혹은 파랑 보석으로 쌓여 있는 이 화려한 궁궐은
세상의 아픔을 담으려 했는지
시끄럽게 심장소리가 소리 내어 달린다
여인의 이름으로

정류장

첫차가 몇 시인지 기억하지 못한다
지붕과 지붕이 마주 보는
네모나고 조그만 창 아래 다정한 목소리
습관처럼 검은 밤에 빛나는 별을 기억하고
촘촘이 밤 골목을 걸었다
새벽 그림자가 하늘을 바라본다
골목이 길게 하늘을 잘라 놓았다
캄캄한 별에서 더 빛났을
별 위에 잘라진 만큼의 마음을 포개어 본다
무수한 공간 허공의 그림자
잰 걸음으로 골목길 끝에 섰다
흰 안개가 신호등 앞에 마주 선다
안개 속으로 밀려오듯 지나가는 경적소리
내 삶의 무게만큼 버스에 싣는다
버스 정류장에서 사라진 모습들
밤이 되면
별 하나 되어 떠오를 것이다

해준
서선아

한 해의 마침표는 늘
동인지 원고로 찍는다
올해는 얼마나 충실하였던가?
나에게 되묻는 반성의 시간

시

대구출생, 한국문인 신인상수상등단

한국문인협회 저작권옹호위원, 문파문협회원,동남문학회회원, 동남문학 회장역임

수상 : 제5회 동남문학상수상

저서 : 「4시30분」 공저 「달팽이의 하루」 외 다수

email : ssaprincess@hanmail.net

낙안읍성 느티나무 아래

우리 증조할아버지보다 더
나이 많은 느티나무 아래
그보다 젊어 보이는 나무 하나가
누워서 나그네에게 허리를 내어주고 있다

맑은 날 거친 날도 묵묵히 지나온
세월의 마디 세어 보니
어느덧 삼십 년
반으로 잘리어 마주보며
조용한 미소로 나그네를 맞는다

옛것이 그리운 사람
고향집 들여다보듯
문안을 기웃기웃 하는 초가집

삽작문엔 어설픈 한복 걸친 안주인
어서오셔요
묵 있어요 동동주 있습니다
한 접시 불쑥 내밀고
만원이요

집은 옛집 인심은 서울깍쟁이
많은 발걸음들이 읍성 인심마저 바꾼 건가

삼월 윤달 머리에 돌 올리고 -고창읍성

구름 나직이 내려와
성벽에다 긴 이야기하고 있는 오후

이끼 낀 성벽
옛 성인의 지혜가 켜켜이 보이고
객사 마루에 앉아 보니
동헌 마당에 서슬 퍼른 사또 대신
파란 클로버가

성벽 위를 디딤질 하면 무병장수 한다는 전설
삼월 윤달 머리에 돌 올리고
아낙들이 돌고 도는 고창읍성

솔밭을 지나는 바람
관광온 객에게 어제의 일을 말한다

들판 가득 누룽지가

밥이 다되어간다
누룽지 구수한 냄새가
들판 가득하다

부뚜막전에 걸터앉아
엄마가 긁어줄 누룽지 기다리는 아이처럼
참새들이 논 옆 전깃줄에 나란히 앉아
가을빛을 쬐고 있다

해는 어느덧 서산에 걸리고
들일하던 아낙 총총히 집으로 향하는 시간
심호흡한 가슴에는 누룽지 한 바가지

수술 전야

돌아오지 못할까
돌아오지 말까
아득한 마취의 세계

이젠 거의 끝난 가을걷이
나머지 볏단 하나만 묶어서
곡간에 넣고 문 닫고 나서면

누가 그 곳간을 지키든
걱정 않으련만
마지막 단을 못 묶어
뒤돌아 보이는데

가서 못 올까도 걱정이고
땡볕에 다시 모심고 김맬 걱정에
그냥 그곳에 있고도 싶다

동천석실*

비상의 꿈 꾸며 바위산 절벽에
독수리 둥지 같은 정자
동쪽을 향하게 짓고
세상 나가 뜻 세우길 기다리며
매일 산을 오른다

책을 등에 진 하인은
책이 제 몸 가까이 있어서 즐겁고
앞서가는 윤선도 책 읽을 생각에
발걸음이 가볍다

아침을 밝히는 해를 안고
그의 뜻처럼 반짝이는 바위산
독수리 한 마리 푸드득 날아올라
하늘을 가르니
이백 년이 하루같다

---

*동천석실 : 보길도에 윤선도 유허지에 있는 산중정자

아가 실 길게 끼워라

구순의 아버지가 혼자 계시는
큰 동굴 같은 집에
죽 한 그릇 들고 찾았다

마지막 하루까지
가지에 의지하지 않고
혼자서 빈집 지키는 고목

돋보기 쓰고
바늘 쥐고 실 꿰는 건
낙타가 바늘구멍 지나가기보다 어렵다

아가 마침 잘 왔다
실 좀 길게 끼워놓고 가거라
단추 달게

가지들도 이젠 잎이 시들고
고목둥지는 벌레 먹어
태풍에 위태로운데
돌아서 오는 길목

길게 끼운 실 끝 내 가슴에 묶여 있다

찐빵집 가마솥에

먹음직하게 김이 오르는
찐빵집 앞에서 문득 발이 멈추었다
하얀 빵 한번 베어 물고
참 맛나다 하시던
어머니가 가마솥 김 속에서 활짝 웃고 계셨다

겉은 별맛이 없어도
속에 든 단팥은 달콤한
어머님의 마음
찐빵 한 봉지 가슴에 안았다

내일도 그길 지나며
어머니를 만나야지

곽영호

단풍잎처럼 빨간 글을 쓰고 싶었지만,
잎은 비 맞은 신발에 달라붙는다.

경기 화성 출생
「문파문학」 신인상 당선 등단
동남문학상
저서 : 수필집 『나팔꽃 부부젤라』
E-mail : era3737@hanmail.net

누이야! 복숭아 다 땄나?

복날이라고 오랜만에 보러오는 아들이 복숭아 한 상자를 들고 들어왔다. 내려놓은 복숭아를 보니 보조개가 깊이 파인 계집애 볼처럼 생긴 모양새가 앙증맞게 예쁘다. 잘 익은 겉 빛깔도 형언할 수 없이 곱다. 모시적삼에 얼비치는 여인의 살빛을 보는 느낌이다. 상자 옆 생산자 표시가 보인다. 복순이 누이 신랑 이름이 유별나서 눈에 확 띤다. 이천 누이네 복숭아다.

복순이는 자랄 때부터 야무졌다. 생김새도 반 곱슬머리에 머리숱이 많아 단발머리를 하면 땟국이 흐르던 당시에도 제법 도화덩어리 같았다. 내가 군대생활을 할 때 중학생이었고 어머니 편지를 대필하던 마당을 잇대고 살던 6촌 누이다. 노인네가 궁리하는 편지 사연을 받아쓰자니 어린애가 얼마나 지루했겠나? 처음에는 곧잘 보내다가 나중에는 엉터리로 보내 제대하고 와서 야단을 치면 읽어주는 것은 잘 했다고 대드는 배짱이다. 가난했던 옛날을 생각하면 늘 마음이 짠한 집안 동생이다.

지난봄이었다. 중시조 묘소를 정비한다고 종중에서 지파인 우리에게도 연락이 왔다. 요즈음은 조상치레하는 세상이 아니라 갈까 말까 하다가 떨어져 나온 한 계파이기도 하고 그나마 서로 닿아있는 연결고리가 끊어질까봐 찾아갔다. 누이가 시집간 마을이다. 이천은 몇 번 스쳐만 지나다녔지 별로 살피지를 못해 초행길 찾아가듯 했다. 만개한 4월의 복사꽃과 도화 빛 얼굴의 누이가 나를 반겨준다.

눈길 닿는 끝까지 펼쳐진 복숭아 꽃 언덕, 세상에 황홀경 중에 으뜸이 복숭아 꽃 그늘이라는 걸 처음 알았다. 진정 환상의 세계다. 여행을 조금은 해 봤다고 생각했는데 복숭아꽃이 만개한 이천의 복숭아마을 봄 풍경은 어디에도 비교가 되지를 않았다. 홍조를 머금은 듯 분홍색 꽃이 온통 마을을 뒤덮어 마치 극락세계에 온 느낌이다. 겨우내 쓸쓸했던 너른 들판은 온데간데없이 화사하게 물을 들여 새로운 환생의 극치다.

내남없이 어려웠던 시절, 누이는 가세가 기울어 일찍 시집을 가야만 했고 그렇게 간 곳이 이천이다. 집안의 발연으로 연결이 되었다. 지금은 수원과 이천이 지척이지만 당시로서는 조금 먼 거리였다. 수여선 기차가 뒤뚱거리고 다니던 때다. 이천 지역은 농토가 기름지고 좋아 산골 사람들이 선망하던 곳이다. 신랑 집은 공교롭게 살림할 여자가 없어 능력 있는 사람을 찾았고 가난한 누이는 총명하다는 소문을 훈장으로 달고 몸만 가는 조건이었다.

하늘도 땅도 연분홍 빛, 바라보는 사람의 마음도, 구경하고 스쳐지나가는 4월의 바람도 꽃빛이다. 화려하고 사치스러운 복사꽃 향기에 취하다보니 이곳이 현세인지 신선이 노니는 신의 세계인지 분간을 할 수가 없다. 나같이 평범한 사람이 즐기기엔 너무 호사스럽다는 느낌이 들 정도다. 아름답고 평화로운 도원에서 누이는 건강하고 넉넉하게 살고 있다. 풍요로운 유토피아 마을을 주름잡는 지역의 왕언니, 복숭아 아줌마가 되어 있다.

선산을 내려오면서 복순이가 자랄 때 복숭아꽃과 얽혔던 쓰라린 추억을 이야기를 해 주었다. 아이들끼리 예쁜 개복숭아꽃에 반해 가지를 꺾어 들고 놀았다. 배고픈 시절 생각 없이 한 잎 두 잎 따먹었다. 꽃잎의 독성이 빈속에 들어가 복통을 일으켜 죽는다고 동네가 뒤집어지도록 법석을 떨어 십리 길을 뛰어가 약을 사온 기억이 난다고 하니. 자기도 조금은 생각이 난다며 허리를 잡고 웃다가 눈물 어린 눈으로 내 등 뒤로 숨어 부끄러움을 삼킨다.

누이는 지금 무릉도원武陵桃源에 살고 있다. 중국고전 도연명의 도원화기에는 어느 착한 어부가 복숭아 꽃잎이 떠내려가는 물길을 따라갔다. 좁은 동굴을 만나 들어가 보니 홀연히 펼쳐진 별천지를 만났다는. 고전에 나오는 이야기는 착한 사람에게 주는 권선징악이지만. 누이의 낙원은 악착같은 정신으로 내 스스로, 내 손으로 만든, 나만의 이상향理想鄕이다.

도원결의하듯 누이도 복숭아 꽃그늘 아래서 마음이 흔들릴 때마다 생각을 다잡고 자신을 추슬렀다. 가족들과 사랑을 맹세하고 실천하여 사랑이 깃든 행복한 가정을 이룬 것이다. 그 결과 눈에 넣어도 아프지 않을 두 자녀를 외국유학을 시키고 있다. 월사금도 못 내던 가난뱅이 농부의 딸이 복숭아 농사를 지어 자식을 유학 보내고 있다는 소리에 그만 내가 옛날 사람이 되고 만다.

나이가 무색하게 단단한 누이의 몸은 싱싱한 복사나무 잎 같았다. 이제부터는 나도 해마다 복사꽃이 피면 꽃 피는 언덕을 찾아와 물먹은 솜 같은 마음을 부풀리는 노래도 하고, 꽃 매력에 흠뻑 빠져 나이를 잊어 보자. 꽃빛으로 멋지게 사랑의 언약을 하고 싶은 망상을 주책없이 하면서 돌아왔다. 판타지를 보고 온 느낌으로 한동안 도화 향기와 꽃빛을 잊지 못했다.

비단같이 얇은 복숭아 껍질을 살살 벗겨 한입 덥석 무니 물컹한 단물이 줄줄 흐른다. 새콤달콤한 복숭아 맛이 맛깔스럽다. 상자에 찍힌 전화번호가 또렷하다. 누이 생각이 불현듯이 나 복숭아를 씹으면서 전화를 걸었다. "누이야! 복숭아 다 땄나?" "아직 멀었지." "오빠! 우리는 복숭아 딸 때면 서방도 못 봐." 대답이 걸작이다. 복숭아는 오전에만 아기 다루듯 조심스레 따야 하기 때문에 수확이 가장 어려운 작업이고, 추석 때까지는 꼼짝을 못 한다며 겨울에나 만나자고 한다. 끝맺음 인사가 가슴을 찌른다. "우리 친정 사람들은 아직도 나를 개무시할 걸. 호 호 호!" 아린 과거를 날려 보내는 복사 빛 웃음소리가 들린다.

개똥벌레

"반딧불이와 놀자." 신문 한 귀퉁이를 힐끗 보니 '반딧불이 축제' 마당으로 와서 환상의 세계를 즐기라는 광고다. 반딧불이를 보고 꿈의 나래를 펼치라고 한다. 반딧불이가 여름밤을 수놓는 곳에 아름다운 낭만이 있다는 예쁜 문구에 눈길이 간다. 나의 어린 시절이 되짚어진다. 깊은 산골짜기에서 자란 나의 유년 시절에는 반딧불이가 흔해 여름밤이면 밤하늘에 별처럼 촘촘했다. 그렇다면 내가 환상의 세계에서 자랐단 말인가? 반딧불이 광고가 나를 어린 시절로 데려다 놓는다.

어릴 적 여름밤은 해가 떨어지기가 무섭게 시작되었다. 전깃불이 없던 시절이라 저녁밥을 어둡기 전에 먹었다. 저녁을 먹고 나면 집집마다 마당에 멍석을 내다 깔고 더위를 식혔다. 동네 마실도 다녔다. 아낙네는 아낙네대로, 남정네는 남정네대로, 아이들은 늘 엄마 곁이다. 모인 이웃들의 대화가 참 밋밋하다. 일상의 사건이 없으니 이야깃거리가 없다. 지금처럼 자식 교육걱정, 내일 입을 옷 걱정, 가고 싶은 곳도 없고, 아무런 욕심이 없으니 고민할 일이 없다. 오직 비 기다림과 다가오는 조상님 제사 걱정뿐이던 시절이었다. 두런두런 농사 이야기 몇 마디하고는 앉았다 누웠다 할 뿐이다.

아이들은 더 심심했다. 밤이면 공부는커녕 맥없이 밤하늘에 별만 보다 신비한 빛을 만난다. 반딧불이가 내는 빛이다. 반딧불이가 혜성처럼 나타나 어두운 밤하늘에 파문을 일으키면 아이들은 맨발로 뛰고 웃음이 환해진다. 반딧불이를 잡아 호박꽃 봉오리에 넣어 등불을 만들어 놓고는 했다. 한여름 밤은 조금만 뛰어도 땀이 흠뻑 젖는다. 힘든 줄도 모르고 맨발로 풀숲을 뛰어다니며 보이는 대로 다 잡았다. 꼭 쥐고 있던 봉지가 환해진다. 한참을 놀다 싫증이 나면 꽃등을 살그머니 열어 준다. 반딧불이들이 경쟁하듯 하늘로 날아오를 때. 밤하늘 가득 폭죽이 터지는 멋진 모습을 볼 수 있었다. 반딧불이가 내는 불빛이 반짝이는 별빛 같았고 멀리 보면 항상 공포감을 주고 장난치는 도깨비불 같았다.

껄끄러운 멍석자리가 땀난 몸을 뒤척이기에는 제격이다. 흠뻑 젖은 알몸의 땀을 금방 마르게 하는 것도 멍석이다. 숨을 할딱거리며 반듯하게 누워 밤하늘을 지켜보면 은하수가 눈으로 들어온다. 별똥별이 순간적으로 번쩍 빛나는 섬광으로 떨어지면 처음에는 참 신기했다. 한여름을 지내다보면 너무 자주 보아 나중에는 돌 마치가 되어 눈도 깜짝 안한다. 도깨비불도 몇 번을 보면 만만해지듯이 반딧불이는 언제보아도 싫증나지 않는 여름 동무였다. 별이 되어 반짝반짝 빛나고 깜빡깜빡 말을 건네는 아름다운 여름밤을 만들어주었다. 그래서 반딧불이 기억을 잊고 추억하는 사람들이 환상의 세계라고 일컫나보다.

반딧불 불빛이 사랑의 대화라는 것을 철이 든 이후에 알았다. 시냇물 위를 날아다니며 배 끝으로 빠르게 깜빡이는 노란 작은 불빛이 암컷이고 수컷은 두 마디에서 불빛이 나오기 때문에 수컷의 불빛이 훨씬 밝았다. 불빛 신호로 캄캄한 밤에 서로의 존재와 마음을 알린다. 사랑의 불빛으로 사랑의 대화를 나누며 하늘에 펼치는 랑데부, 멋진 사랑이다. 숨어서 하는 밀회密會보다 백배는 아름답다. 이 세상에서 가장 화려한 사랑의 요구이고 고백이다. 반딧불이의 멋진 사랑의 수단이 사춘기 소년을 설레게 했다.

　조금 더 자란 학생시절에는 반딧불이가 곱게만 보이지 않았다. 옛날 사람들은 여름이면 반딧불과 겨울이면 달빛에 비친 흰 눈빛으로 공부를 했다는 이야기가 나를 괴롭혔다. 실제로 그 빛을 이용하였다는 사람의 이름이 무수히 거론된다. 반딧불이보다 환한 등잔불 아래서 왜 공부를 안 하느냐는 선생님의 원망을 자주 듣다보니 반딧불이가 싫어졌다. 역경을 딛고 낮에는 일을 하고 밤에는 공부를 하여 성공했다는 형설지공螢雪之功이란 고사성어는 가슴에 와 닿지를 않았다. 공부도 타고 나야 하는데 약 올리는 말로만 들렸다.

　반딧불이를 시골 토속말로는 개똥벌레라고 불렀다. 얼마나 흔했으면 개똥벌레라고 불렀을까? 우리의 옛 정서는 하찮고 귀하지 않아 천대하는 것을 개똥 같다고 개똥 취급을 했다. 개똥참외, 개똥양반, 개똥밭, 떡도 품위가 없으면 개떡, 지금은 쉽게 볼 수가 없어서 빛을 내는 벌레를 말만 들어도 신기하지만 어릴 때만 해도 반딧불이가 흔해빠져 개똥 취급을 하던 개똥벌레였다. 하찮은 것이 제아무리 억지를 부리고 용을 써도 되지 않는 일을 일컫는 속담도 있다. '개똥벌레가 별이 될까?' 하는 말이다. 하지만 개똥같은 개똥벌레도 반듯한 구석이 있다. 반딧불이 애벌레는 보기에는 참 망측하게 생겼지만 깨끗한 물에서만 살고 일급수에만 사는 다슬기를 먹고 사는 벌레다. 썩은 물에서는 단 하루도 못사는 참으로 자존심이 별빛처럼 맑고 도도한 벌레다.

　나무는 가지 하나가 부러지고 우듬지가 꺾이어도 산다. 식물은 환경조건이 제아무리 척박해도 구부러지고 기어가면서도 생명을 잇는다. 잡초는 물이 없어 잎이 누렇게 말라도 뿌리 끄트머리만 있어도 비만 오면 되살아난다. 미물인 짐승도 몸 어디에 장애가 있어도 버티고 산다. 눈이 하나 없어도 살고, 발가락이 없어도 생명의 목적을 이룬다. 구차하다는 말을 들을망정 삶을 포기하지 않는다. 반딧불이는 자기 세상이 아닌 환경이 더러워지면 스스로 죽음을 택한다. 억지춘향으로 살아보려고 기를 쓰지 않는 유일한 벌레다. 도리에 어긋나는 세상, 불의를 보면 타협하지 않고 자진自盡하는 우국충절 애국지사 뒷모습 같은 벌레다. 비록 버러지일지라도 부끄럼 없이 깨끗하게 살고 간다. 티 없이 깨끗한 세상에서 살다 우화羽化하여 별빛 같은 사랑을 한다.

뜸부기야, 울어다오

삼월 삼진날이면 강남 갔던 제비가 돌아와 봄을 알려 준다. 연미복 입은 새침한 신사제비를 보면 겨우내 구접스럽기만 하던 눈이 산뜻함을 느낀다. 밭田 위에 물水이 고이면 논畓이 된다는 상형문자처럼 봄이면 논에 물이 하얗게 가득하다. 모내기가 끝나면 제비보다 늦게 뜸부기가 찾아 왔다. 제비는 한 집에 한두 쌍은 반드시 찾아왔고, 뜸부기는 골짜기 논 열 배미마다 한 마리씩은 살았다. 전형적인 우리 농촌의 대표적인 여름철새가 뜸부기다. 방방곡곡 골짜기마다 제비 날갯짓과 뜸부기 울음소리가 여름을 꾸몄다.

뜸부기 수컷은 수꿩처럼 몸이 불에 그슬린 듯 검붉은 색으로 화려했다. 암컷은 갈색바탕에 가로 세로 무늬 빛이 모래 빛이라 영락없는 까투리 빛이다. 수컷 이마에서 머리 꼭대기까지 위로 솟은 붉은색 이마 판이 제법 또렷하고 당차게 맹랑하다. 천연기념물로 지정이 되고부터는 깊고 한적한 시골마을 다랑이 논엘 가보아도 볼 수가 없다. 요즈음은 제비도 뜸부기도 볼 수가 없어 봄이 온 건지, 여름이 왔는지도 모르고 산다. 없어진 것에 대한 아쉬움과 그리움이 여름의 즐거움을 빛바래게 한다.

모내기를 끝내고 달포가 지나면 벼가 물 위로 한 자쯤 자란다. 푸르게 자라는 벼가 자기를 엄폐하여 준다는 것을 뜸부기는 안다. 길게 발달한 발톱으로 줄지어 심어진 벼 포기 위에서 초록스키를 타는 장면은 장관이다. 뜸부기는 잘 자란 벼, 대 여섯 포기의 벼 잎을 서로 엇걸리게 차례차례 착착 접어 둥지를 만든다. 접힌 포기는 이삭을 낼 수가 없어 알뜰하게 농사 짓는 농부의 마음을 안쓰럽게 했다. 마음에 안 들면 몇 군데씩 옮겨 짓는다. 농부의 지탄을 받아도 눈 하나 깜짝 않고 뜸부기는 벼논을 제 마음대로 차지를 한다.

둥지가 완성되고 나면 사랑을 구가하는 애정공세를 펼친다. 그 소리가 뜸부기 소리다. 동요작가 윤극영님은 뜸북뜸북 울었다고 하는데 나의 기억으로는 뜨~음 뜨~음 외마디로 울었다. 제비는 암수 짝을 지어 왔지만 뜸부기는 현지에서 짝을 찾았다. 때문에 여름이면 뜸부기가 울부짖는 울음소리가 좁은 골짜기를 찌르고 넓은 들판을 흔들었다. 뜸부기처럼 극열하게 사랑싸움을 하는 새도 없다. 암컷을 차지하려는 수컷의 욕망과 우성인자를 얻으려는 암컷의 갈망이 충돌을 한다. 논두렁에서 풀을 베며 열성이 도태되는 아픔을 보고 사랑이란 저런 것이로구나 하고 소년을 철들게 했다.

뜸부기는 풀잎도 먹지만 물고기나 우렁이, 벌레 같은 고단백질 먹이를 잡아먹는다. 의약정보가 부실하던 시절 뜸부기가 민간요법으로 강장, 정력제로 인식이 되었다. 때문에 여름철이면 만사를 전폐하고 뜸부기를 잡으러 다니는 사람도 있었다. 오일장 같은 곳에서는 병약자를 위해 공공연히 거래가 되고는 했다. 박제된 뜸부기를 논두렁에 세워 놓으면 먼 곳에서도 알아보고 쫓아왔다. 지금처럼 나일론실이 있는 것도 아니고 청올치 끈으로 올무를 놓으면 버르적거리다가 잡히는 것이다. 사랑에 눈이 멀어 죽은 영혼도 구별을 못 하고 저 죽는 올가미 덫도 판단 못한다. 그 때 뜸부기는 나처럼 순진했나 보다. 덕분에 나도 몇 마리를 잡아먹어 봤다. 맛이 개구리 고기처럼 쫄깃하고 담백하다.

지난날의 뜸부기 기억은 '오빠 생각' 노래다. 어머니는 뜸부기가 우는 계절, 장날이면 햇감자 몇 알, 푸성귀 몇 단을 미국이 원조해준 별 그린 밀가루 자루에 담아 이고 장으로 팔러가셨다. 한 푼의 돈으로 자식들 월사금을 마련하려고 몇 십리 먼 걸음을 하셨다. 재수 없는 날은 늦도록 팔리지를 않아 뜸부기 울음소리가 그치고 사방에 어두움이 내려앉아도 돌아오지를 않는다. 기다림을 참지 못해 마중을 나갔다. 장승이 서있는 동구 밖 뜸부기가 울던 자리는 왜 그리 무서웠던지. 초승달을 붙들고 나뭇가지로 풀을 휘저으며 '오빠 생각' 뜸부기 노래를 수도 없이 부르면서 무서움을 참아냈다.

'뻐꾹 뻐꾹 뻐꾹새 산~에서 울고, 뜸~북 뜸~북 뜸북새 논에서~ 울때, 우리 오빠 말 타고 서울 가~시며, 비단구두 사가지고 오~신 다더니' 어머니 기다림이 슬픈 노래가 되어 그치지 않고 계속 이어졌다. 풀 덮인 논두렁 뜸부기가 울던 자리에서 내가 울었다. 노랫소리는 슬픈 눈물이 되었다. 불러도, 불러도 눈물이 흐르는 노래를 수도 없이 불렀다. 뜸부기 소리처럼 띄엄띄엄 목소리가 흔들릴 때쯤이면 논두렁에 검은 그림자가 흘끗 보인다. 엄마다. 장 자루를 받아 메고 앞장서서 오는 나의 기분은 날아갈 것 같았다. 무서움을 내려놓는 기쁨의 순간을 아직도 잊지를 못한다. 지금은 어머니도 안 계시고 뜸부기도 사라졌다. 보이지 않는 것이 이렇게도 그립단 말인가?

뜸부기가 울던 계절이면 나도 참 많이 울었다. 낮에 울던 뜸부기 소리가 멈추어지면 어두움이 밀려오고 소쩍새가 울기 시작했다. 사춘기 때 밤에 들리는 소쩍새 울음소리는 별의별 소리로 다 들렸다. "배고픈, 개똥이, 굶어서, 죽었다." 아니면 "산 넘어, 계집애, 서울로, 도망갔다,"

슬프고 안타까운 소리로만 들렸다. 짧은 여름 밤 베게가 젖도록 눈물이 났다. 이유도 없이 원인도 모르게 주르르 눈물이 흘렀다. 낮에는 뜸부기가 울고, 밤이면 소쩍새가, 이불 속에서는 내가 울었다. 한참 자라나던 소년의 눈물은 뜨거웠다.

초록 잎이 어두움을 덮는 이 밤. 내 귀에 익숙하던 뜸부기, 소쩍새 소리는 어머니를 따라갔는지 영영 들리지를 않는다. 뜸부기 소리 따라 "오빠 생각" 노래를 실컷 부르던 그때처럼 흑흑 흐느끼며 울고 싶다. 설움이 복받쳐 우는 울음이 아니고 슬프지도, 아프지도 않고 아침이면 아무렇지도 않은 울음. 풋내 나는 풀냄새처럼 시큰하게 울어보고 싶다. 울음도 웃음이다.

김영숙

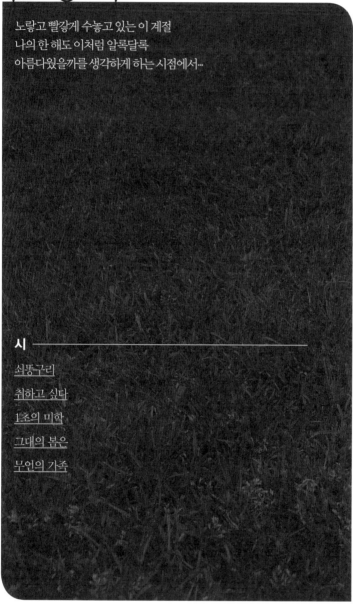

노랗고 빨갛게 수놓고 있는 이 계절
나의 한 해도 이처럼 알록달록
아름다웠을까를 생각하게 하는 시점에서…

전남 목포출생, 한국문인 시 부문 신인상 당선등단, 한국문인협회 회원 경기시인협회 회원
문파문학회 상임운영이사 동남문학회 회장역임
수상 : 제8회 동남문학상
저서 : 시집 「문득 그립다」

쇠똥구리

오늘도 난
여전히 밖에 나가 쇠똥구리를 잔뜩 짊어지고
집에 들어왔다
이놈의 쇠똥구리는 좀처럼 떨어지지 않고
아예 소파에 누워서 쇠똥구리 놀이중이다

몸은 텅 빈 조개껍질처럼 허무한데
머릿속은 쇠똥구리가 자라서 좀처럼
가벼워지지 않고 더욱더 무거워지고
오늘도 난
쇠똥구리에 파묻혀
하루를 마감한다.

취하고 싶다

취하는 게 술만이 아니다
바람 불면 펄럭이는 너의 그리움에 취하고
눈을 감으면 아련한 너의 기억에 취하고
문득 스치는 낯설지 않는 향기에 취하고

취하는 건 술만이 아니다
때론 감미롭게 울려 퍼지는 길가의 음악에 취하고
시원스레 쏟아지는 빗소리에 취하고
전화선으로 들려오는 너의 목소리에 취하기도 한다.

취하는 건 술만이 아니다
원하는 것이 있다면 취하라
취할수록 얻을 수 있다.

1초의 미학

너와 눈이 마주쳐서
나는 순간 당황했다
그 당황함을 숨기기 위한
나의 돌파구.

일 초의 웃음
일 초의…….

그대의 봄은

바람에 스치는 꽃잎만 봐도 까르르 웃는
그대의 봄은
푸르디푸른 그대의 청춘은
새벽녘에 빛나던 그대의 꿈은
성난 물결 속으로 사라져가고

그 물결위에 쏟아지는 그대의 눈물은
봄풀처럼 일어나는 그대를 안아보지도 못하고 보내는
그대의 봄은
붉게 핀 철쭉처럼 그대의 가슴에 선명한 자국으로 남았을 뿐
그대의 봄은
그대의 봄은 피지 않았다.
우리들의 봄도…….

무언의 가족

언제부터인가 서서히
무언이 시작되었다
너와 나 사이에

언제쯤
넓은 그곳에서
뛰어다니며 재잘거렸을 뻔도 한데
지금 그곳엔 무언만이 서성이고
그렇게
우리들 공간으로 들어와
우리 둘을 떼어놓았다
그로 인해
무언의 가족들이 늘고
너와 나 사이도 핸드폰으로 인해
점령당했다

언제부터인가 서서히

권명곡

낙엽들이 물감을 풀어 놓은 듯 곱게 채색되면
세상의 모든 것들이 아름답습니다.

충북청원출생. 문파문학 시부문 신인상 당선등단 동남문학 회원, 한국경기시인협회 회원
수원시인협회 회원, 동남문학회회장역임
수상 : 제9회 동남문학상수상
저서 : 시집「달콤한 오후」

마지막 소풍消風이 되어

설레는 마음으로 달뜬 가슴으로
재잘거리며 떠나던 날
물살 가르며 휘파람도 불렀을 꽃망울들아
차디찬 물속에 갇히던 그날
그 시간 입술 앙다물며
몸부림치며 파닥거리며 숨넘어가던 그날
하늘도 땅도 이 나라의 모든
어버이들의 가슴이 무너져버렸다.
천금 같던 아들 딸 바다에 묻고
피 토하며 울부짖는 소리
남의 일 아닌 듯 가슴에 대못 박혀 먹먹하다 아프다
세월호야 이 비정한 세월호야 야속한 세월호야
초록빛 어린 싹들이
피워내야 할 수많은 시간의 보상은 어이할꺼니?
수심 3-40미터 깊은 바다 밑 어두운 배 안에서
웅크리고 두려움에 떨던 아가들아
불쌍하여라 가여워라 이 나라의 희망들아
부실하고 부도덕한 이 나라의
썩어가는 양심의 짓거리가
피워보지 못한 너희 꿈들을 앗아가 버렸구나.

자식 잃은 어버이들 살아갈 길 막막하다

고귀한 어린 생명들 영혼으로

환생하여 부모 아픔 달래주길

생때같은 자식새끼

넋이라도 건져 올려 한 많은 세월호에

탄식으로 하소연하여

피멍든 가슴 씻어 주기를 빌고 또 빌어본다.

안경알을 닦으며 마음을 닦는다.

닦을수록 깨끗해지는 것은 비록 안경뿐만 아니다. 마음 밭도 갈고 닦으면 반짝반짝 빛이 나고 정결하게 되는 것처럼 우리는 늘 닦고 또 닦으며 살아야한다. 나와 내 이웃까지도 사랑할 수 있는 마음이 생길 것이다. 마음을 닦고 몸도 닦고 내 집 안팎도 닦아가며 살자. 어차피 우리는 늘 닦아가며 닦여가며 살아가고 있으니 안경알에 비친 먼지와 끈적이는 공해는 내 손으로 닦아야만 깨끗해지며 그 누구도 닦을 수 없다.

새벽에 일어나면 습관적으로 남편과 내 안경을 닦아놓는다. 안경을 끼는 사람은 눈의 역할을 하는 안경이 깨끗해야 밝게 보이고 기분도 상쾌해진다. 내 안경에는 먼지만 있는데 남편의 안경에는 잘 지워지지 않는 끈적거림이 있다 눈에도 노폐물이 나오나보다. 남자들은 나이 들면 그 사람 특유의 체취가 여자보다 확실히 많이 난다. 아침저녁 샤워를 꼭 하지만 젊음이 넘칠 때의 싱그러움이 줄어들었다. 마음에 때가 낄 때도 닦아내지 않으면 어두운 마음으로 살 수밖에 없다. 10세짜리 외손녀가 가끔 우리 집에서 자는 날이면 아침에 손녀의 안경도 닦아준다. 하루를 쓰고도 안경알이 깨끗한 것을 보면 어린아이는 눈도 마음도 깨끗한 것 같다.

어렸을 때 시골에 물은 철분이 많아 센물이었던지 항상 손에 때가 꼈다. 이태리 때 수건도 없어서 냇가에 가서 표면이 반듯한 돌을 주워와서 싹싹 손의 때를 닦았었다. 물론 아팠지만 방법이 없었다. 그땐 핸

드크림도 없어 얼굴크림을 바르기도 했다. 도시에 사는 아이들의 고운 손이 참 많이 부러웠었는데 지금은 그때의 어린 시절이 그리워진다. 지나간 시간은 되돌릴 수 없지만 아련한 추억의 방에서 꺼내 쓸 수 있는 것에 만족해야 하리라. 아직도 시골 사는 꼬마 애들은 부모님이 바빠서 잘 닦아주지 못하니 먼지 속에서 거친 손을 지니고 있는 것을 보았다. 아이들의 마음은 닦지 않아도 거울처럼 맑고 깨끗하여 닦을 필요가 없다.

우리 아파트 음식물 쓰레기통이 어느 부지런한 경비아저씨 손에서 아침마다 물로 닦이는 것을 볼 때 마다 고마움을 느낀다. 새벽마다 닦아서 반짝반짝 빛이 난다. 나도 쓰레기통을 보면서 버릴 때 뚜껑에 묻지 않도록 조심해서 버리는 게 습관이 됐다. 누군가 음식물 쓰레기에 비닐을 함께 버리면 귀찮기만 손을 넣어 꺼내주는 것도 남은 위한 작은 배려이다. 나 하나 수고하면 모든 사람들이 행복할 것이다. 내 집을 닦는 마음으로 공동생활에 솔선하면 스스로 만족해진다. 그 경비 아저씨도 그런 생각을 가진 분이라고 느꼈다.

하루해가 짧지만 시시때때로 마음이 어두울 때가 있다. 스스로 컨트롤해서 닦아내지 않으면 마음의 그늘이 커진다. 어차피 삶을 사랑하고 수용해야 한다면 그늘까지 사랑하며 살자. 내 어둠도 닦아야 하지만 가족들의 어둠까지 나아가서 내 이웃의 어둠까지도 포용해주며 닦아 줘야 이 사회가 조금은 따뜻해지리라. 소외된 사람들은 주변의 차가운 눈길보다 따스한 눈길을 원한다. 나 한 사람으로 인하여 모두가 행복해질 수 있는 사회를 만들고자 오늘도 내일도 날마다 안개처럼 자욱한 주변의 모든 사람에게 마음 닦아주는 표상이 되고 싶다.

5번째 수술

　수술을 해야 한다는 날짜를 받아놓으면 늘 마음이 안절부절 못했었다. 마취에서 영원히 깨어나지 못할 것 같은 두려움으로 몸이 떨려오는 경험이 벌써 다섯 번째이다. 수술 할 때마다 각기 다른 느낌을 받는다. 결과를 떠나서 되도록 수술은 하지 말아야 한다는 것이 중론이며 의사들도 결코 권면하는 것은 아니다. 페이 의사들이 실적을 올리기 위해 쳐놓은 덫에 걸려 수술한 사람들이 후회와 한숨 소리가 내 가슴을 치게 만든다. 누구든 디스크 수술한다면 말리고 싶은 것이 솔직한 심정이다.

　내가 했던 첫 번째 수술은 제왕절개이다. 35년 전 막내딸을 낳을 때 2시간 진통 후에도 아이가 거꾸로 보여서 불가피하게 수술을 했었다. 그 때 내 나이는 꽃다운 20대였다. 그저 배불뚝이에서 벗어나고 싶었고 통증에서 해방되고 싶었던 단순한 선택이었다. 그 아이가 지금은 35살 두 딸의 엄마이며 초등학교 3학년의 학부모가 됐다.

　두 번째 수술은 서른다섯 살 때다. 이유 없이 배가 아프고 생리가 끝나도 하혈이 멈추지 않아 검사를 받아보니 자궁에 근종이 생겼다. 수술을 권하는 의사의 말에 순종하고 말았다. 수술 후에는 더 배가 아프고 견딜 수 없는 통증으로 진통제를 먹어도 해결이 안 돼 다시 검사를 받았었다. 수술 후 소독 솜을 집어넣고 꿰맸었다고 그 당시 인턴의 실수였다고 죄송하다는 사과만 받고 철없이 돌아서는 우매함을 보인 적도 있었다. 지금 같아서는 그냥 있지 않았을 텐데.

세 번째 수술은 막내딸이 근무하는 병원에서 허리디스크 진단을 받고 치료하던 중 갑자기 다리가 마비가 되면서 견딜 수 없는 통증으로 생각할 겨를도 없이 수술을 감행했다. 디스크 5번 6번 사이에 디스크 탈출증이라고 했다. 수술 후 3주간 앉지도 서지도 못하고 식사 때 빼고는 누워서 지냈다. 당시 나는 발코니에 50개가 넘는 화분을 가꾸고 있었다. 매일 무거운 화분을 이리저리 햇살 좋은 곳으로 옮겨주기를 반복했었다. 그렇다고 모두 디스크가 탈출되지는 안겠지만 허리가 약한 사람이 많이 걸린다는 의사의 말이다.

수술을 했어도 보행이 자유롭지 않고 발목 아픔이 여전하여, 수원시에 유명하다는 한의원을 모두 찾아 원정을 다니는 생활을 1년쯤 계속 하고나니, 수술비보다 치료비가 더들어간 것 같아 그냥 아픈 대로 운명처럼 받아들이며 살고 있었고 그동안 문학 활동과 동화구연가로 유치원 아이들에게 수업봉사하며 나름대로 즐겁게 지냈었는데 마음의 병이 왔다. 좋은 것도 없고 웃고 싶지도 않고 우울하기만 하고 피곤함만 밀려와서 검진을 받아보니 이번에는 갑상선 암이 찾아왔다.

2년 전 갑상선이 악성으로 발전됐다는 진단을 받아 또 수술대에 누웠다. 다행히 딸이 근무하는 병원이라 안심은 되었지만 어쨌든 암이라는 말에 죽음이라는 단어와도 연결해 보았다. 60이 넘었으니 죽음이 두렵지는 않았다. 세 아이 모두 결혼시켜 손자 손녀 주렁주렁 열려 있고 모두 걱정 없이 살고 있으니 지금 떠나도 오히려 홀가분할 것이다. 환자복을 입고 누워 있는 내게 지인들이 찾아와 위로해줬다.

아프면 아픈 대로 살리라며 스스로에게 최면을 걸었다. 수술 후 힘에 부치지 않는 운동을 우연히 알게 되어 2달쯤 다니다보니 몸이 많이 가벼워지고 밤마다 근육경련이 일어나던 다리가 편안해졌다. "10분 운동으로 10년 전 나를 느낀다."라는 10분 운동센타가 내 정신과 육체를 편안하게 해주었기에 내가 직접 가게를 차려 고통 받는 이들에게 건강을 전하고 싶어 사업을 시작했다. 회원들이 늘어나고 경제적으로도 도움이 되어 나날이 즐거움의 연속이다.

5번째 수술 동기는 건강검진이 화근이다. 병원에 근무하는 막내덕분에 MRI 50% 할인혜택을 해준다기에 찍어보니 디스크가 또 탈출된 것을 알았다. 알면 병이라는 말이 실감난다. 그렁저렁 견디던 아픔이, 그 얘기를 들으니 더 아파지는 느낌이 든다. 사실 집에서 사업장 가는 길이 5분도 걸리지 않는데 그마저 몇 번을 쉬어야 갈 수 있다. 발목을 고무줄로 칭칭 감아놓은 듯 묵직한 느낌으로 걷는다. 잘 걸을 수 있다면 또 수술을 하는 것이 좋을 것 같았다.

5번째 수술을 감행했다. 수술대 엎드려 등을 맡겨야 하는데 이번에는 하체만 마취를 했다. 가위소리 집도의執刀醫 숨소리 긴장감 도는 분위기가 그대로 전달돼 더 기분이 나쁘다. 수술이 끝나고 진통주사 피 주머니 주렁주렁 매달은 내 몰골 누군가 보는 것도 싫었다. 입안이 소태처럼 쓰다. 아무 생각 없이 그저 시간이 빨리 가서 이곳을 벗어나고 싶었다. 2주 동안 입원하여 수많은 지인과 친인척들이 다녀갔다. 이제는 이 수술이 마지막이 됐으면 하는 간절한 바람이 들었다. 사업장을 남편에게 맡기고 누워있는 나 자신이 정말 싫었다. 퇴원하여 사후관리가 더 중요하다기에 사업장에 나와서 거의 누워 지냈고, 남편이 많은 것을 도맡아 처리해 주었다.

이제 4개월이 지났다. 아직도 장시간 앉아있으면 끊어질 듯 아픈 허리, 걸을라치면 당겨오는 발목 조임, 수술 후에도 완치되지 않는 현실이다. 문학기행을 신청해 놓고도 걸어 다닐 자신이 없어서 펑크를 냈다. 딸들이 아이들 모두 맡기고 모녀여행을 가자고 추진 중인데 이렇게 속 끓이며 아픈 내 마음을 말할 수 없어 건성으로 대답은 했다. 몸이 온전치 못한 사람들의 마음을 헤아리며 살아간다. 특히 다리가 아파 절룩이며 걷는 이들을 보면 더욱 안스러운 마음이 든다. 건강한 육체를 가지고 살아가는 삶이 최상의 행복이다.

^{수필} 요양원에 가면

　사방이 막히고 아늑한 언덕 아래 하얀 집, 어머니가 계신 곳이다. 매월 찾아가지만 갈 때마다 가슴 아픈 곳이다. 40여 명의 노인들이 자식에게 버림받고 수용되는 곳이기도 하다. 치매로 기억을 잃고 혼자 중얼거리는 노인도 있고 중풍을 맞아 돌봐줄 수 없어서 이곳에 모셔다 놓기도 했다. 대체적으로 자식이 모실 수 없어서 또는 모시기 싫어서 수용된 경우가 대부분이다. 요양원은 요양하는 곳이 아니라 쓸모없는 물건을 버리듯이 부모님을 어찌할 수 없어서 세상과 이별할 때 까지 맡아주는 곳이라 할 수 있겠다.

　우리 어머니가 이곳에 수용된 지도 2년이 가까워 온다. 내가 돌아가실 때까지 모신다고 큰오빠께 약속하고 모시다가 일 년쯤 되니까 어머니께서 큰아들집이 가고 싶다고 애걸복걸해서서 모셔다드렸는데 큰오빠께서도 자신의 몸과 올케가 불편하여서 모시기 힘들다고 요양원에 보냈다. 어머니는 요양보호가 필요한 장기요양보험 3등급이다. 99세 극 노인이라 누군가 옆에서 수발이 필요하다. 내 집에 있을 때는 몇 시간씩 혼자 두고 외출할 일이 있을 때는 딸에게 부탁하기도 했었다. 아이 같은 일상이고 늘 곁에 있어줘야 마음을 놓으셨다.

　요양원에는 요양보호사들이 수시로 방을 드나들며 돌보고 있다. 먹고 자고 거실에 나와 TV 보고 걷는 노인은 산책도 하고 대부분 보행이 힘들어 휠체어에 의지하는 노인들이다. 칠십대부터 90대까지의 노인들이 모인요양원에는 웃음이 없다 모두들 표정이 굳어지고 일그러진 얼굴들뿐 아무리 깨끗이 씻고 닦았어도 노인들 집단이라 향기가 나지 않는다. 종종거리고 다니는 요양보호사들뿐이다.

어머니를 만나러 갈 때는 새벽부터 마음이 분주하다. 이것저것 만들고 어머니께서 좋아하는 음식을 준비하지만 어머니를 돌봐주는 요양사들까지도 챙기게 된다. 내 부모를 제일 가까이에서 보살펴주고 있으니 가장 고마운 사람들이다. 어머니는 인지 능력이 떨어지긴 해도 치매라고는 볼 수 없지만 가끔은 엉뚱한 소리를 하기도 한다. 80세 먹은 큰 올케가 쌍둥이를 낳았다고 헛소리를 하는 것을 보면 헛것을 본 것이 아닌가 싶기도 하다.

지금은 요양원이 대세인가보다 곳곳이 요양원이 지천至賤이다. 이제는 너 나 할 것 없이 노인을 요양원에 보내도 흉 되지 않는다. 젊은이들은 사회 생활이 바빠 부모를 돌아볼 시간이 없고 우리 세대는 노인을 모셔야 하는 의무감은 있지만 자신도 늙고 병들어 노인을 부양할 기력이 없어서 요양원에 보내는 경우가 허다하다. 우리 집 실정도 어머니가 年老하셔서 자식들이 모두 건강이 좋지 않거나 사회생활을 하느라 모실 수가 없다.

옛날에는 회갑을 살기가 힘들었는데 요즘은 인생은 칠십부터라고 칠십대들이 주장한다. 그만큼 건강하고 활력 있다는 뜻이다. TV 채널 9에서 새로운 짝을 찾는다는 프로를 봤다. 남자들은 70대에 재혼신청률이 많아 깜짝 놀랐다. 여자도 대부분 50대 후반부터 60대 초반이 많다. 자식에게 노후를 의지하던 시대는 지났고 근력 있으면 짝을 만나 새 출발을 하고 근력이 떨어지면 요양원 신세를 져야 하는 시대에 도래했으니 남의 얘기만은 아닌 것 같다.

요양원에 모셔다 놓고 자주 찾아뵈면 거기 계신 분들이 쓸쓸하지 않을 텐데 내가 주말 오전에 가보면 오는 팀이 거의 없어 담당자에게 물어봤더니 자식들이 거의 몇 달에 한 번 얼굴을 보이는 경우가 대부분이라고 한다. 엄마는 우리가 찾아가면 반색할 때보다 떠나올 때의 쓸쓸함이 얼굴 가득 묻어난다. 그 모습을 보는 내 가슴은 슬픔이 배가 되어 통곡하고 싶을 만큼 아리다. 정에 굶주린 고아원의 아이들이나 자식의 그늘을 그리워하는 노인들의 쓸쓸함을 무엇으로 채울 수 있을까 생각하고 돌아온다.

이규봉

차라투스트라는
"피로 글을 쓰라."고 "피로 쓴 글만 사랑한다."고 했다.
온몸의 모세혈관까지 쉬지 않고 순환하는 피의 언어여,
노을빛처럼 서녘 하늘에 꽃구름으로 피어나라.

시 ────────────────────

충북 제천 출생. 한양대 대학원졸업「한국문인」시 부문 신인상 당선 등단. 한국 문인협회 문단정화위원회
위원. 국제 펜클럽회원. 동남문학회 회장 역임. 문파문인협회 운영이사. 한국경기시인협회회원. 사진예술
회원. 사예작가. 동남문학상 수상.
저서 : 시집「울림소리」,「시인의 문학관 탐방」연재. 공저「바람이 데려온 그리움」등 다수
E mail : kbrhee3@naver.com

할미꽃 변주곡

누가 '무덤가에선
사랑을 하면 안 된다'고 말할까
주인 없는 묘 등 할미꽃 빌라
하지만 할미들끼리만 모여 살지는 않지
온몸에 솜털 보송한 묘령의 꽃
종처럼 고개 떨궈 속말은 못 다하지만
봄을 삼키려는 자줏빛 빛깔
더듬이를 찾는 사랑의 목소리
묵은 잔디에 봄 불처럼 번진다

봄은 아직 사월에 머무르는데
바람에 붉은 꽃잎 훌쩍 실려 보내고
남겨진 유산은 하얀 포물선
꽃잎이 지표에 입을 맞춰도
꽃의 자존심은 싱싱하게 살아 있어
겉과 속 하얗게 바래 이름만 꽃으로 남기 전에
새 하늘과 새 땅 어느 양지쪽 찾아
하얀 솜 날개로 먼 비행 떠나기 이전
밤하늘을 태우는 불꽃으로
남은 몸 한번 맹렬하게 불사르고 싶어

누가

'무덤가에선 사랑을 하면 안 된다'고

말할 수 있을까

논의 나라

아기 모를 새로 입양 받은 논
새들이 알에서 깨어나듯
새벽잠에서 깨어난다

논은 수심 얕은 호수다
개구리 울음이 호수 빛처럼 푸르고
노란 달맞이꽃 하얀 개망초꽃 물 위에 꽃 피우는
아기 모가 희망의 노를 저어 가는

바람이 늦잠을 잔다
논은 거울처럼 맑고
잠자리 날개처럼 수평을 유지한다

고요한 아침의 나라
아침 햇살이 드디어 논의 나라에 날개를 편다.

여름밤의 소묘

농촌의 여름밤은 밤바다다
파도 소리도 조용히 잠든
검은 바다다

저 높다란 꽃별 무리 아래로
깜빡깜빡
꽃상여 한 대 지나간다
이따금 곡을 하듯
멍 멍 멍
멀리서 개 짖는 소리

혼자서 밤을 지키던 마을길 가로등
술주정뱅이 하나 얼씬대지 않는 적요 속을
안개의 홑이불 뒤집어쓴 채
졸음에 겨워 가늘게 실눈을 뜬다

나는 아내와 둘이 테라스에 앉아
박꽃 같은 옛 이야기로
한 뜸 한 뜸
여름밤에 십자수를 놓는다

별이 예전처럼 총총하지 않다.

복숭아 아내

보랏빛 구름이 7월의 긴 태양을 앞섶으로 감싸면
푸르고 단단한 것들이 익어가다 숨 고르는
낮은 소리 들린다
아내와 둘이 별 대신
검은 하늘에 반짝이는 비행기 불빛을 세며
물과 햇빛과 바람과 땀으로 숙성된
복숭아 몇 개를 하얀 탁자 위에 올려놓는다
열매들이 붉은 변주곡을 부른다
푸르고 단단하기만 하던 남도 아가씨
지금은 잘 익은 한 알의 천도복숭아로
씨방을 감싸는 무른 살덩이의 정물화로
하얀 탁자 위에 놓인다
입술이 볼그스레한 복숭아 볼에 가 닿는다
보드라운 살을 깨문다
상큼하고 달짝지근한 살과 즙의 맛
도색桃色을 돋운다
아내야, 복숭아꽃 활짝 피던 산마을로 여행을 떠나자

국화白菊

어느 설국雪國에서 온 손님이기에
눈처럼 희고 차가움을
뜨거움보다 사랑하는가

봄날의 소생 여름날의 열정
떠나보낸 자리
서릿발로 채워진 차가운 자리에
엷은 빛 삼키며 환히 웃고 있는 그대여

우아하지만 요염하지 않고
고결하지만 오만하진 않네
차가운 것을 좋아하나 정작
자신의 속 빛깔은 가을빛처럼 따뜻하네

이 쇠락衰落의 계절 한가운데에
그대의 향기 없으면
이 들녘 어디에 환한 웃음 꽃 피리요
사제의 흰 제의, 수도자의 하얀 베일 같은
무채색의 나의 꽃이여
큰 아름다움은 색깔이 없다.

노을 빛

KTX 열차가 금빛 들판을 물살처럼 가른다
열차는 시속 300km로 달리지만
해는 열차보다 한 발 앞서서 간다

저녁 해가 구름 속에서 빠져나온다
기차가 터널 속에서 빠져나온다
익어가는 평야가 숲속에서 빠져나온다

낮의 분주함을 빠져나오는 커다란 공간은
하늘에 마지막 붉은 열정 하나 달아놓고
땅은 온통 홍등을 걸어놓은
어릿광대의 붉은 무대다
창가에서 신랑의 품에 안겨 있는
신부의 얼굴도 노을빛으로 물들었다

노을빛에 취해 잠깐
홍등가를 기웃거리는 동안
부산에서 출발한 열차는 추풍령을 넘는다.

눈밭의 금화

하늘에서 하얀 눈밭에
금화金貨를 뿌려 놓았다

나는 이 금화金花를
첫 시집 표지로 옮겨 심었다
주변은 눈으로 한 치는 쌓여 있는데
꽃의 체온인가
황금빛 꽃잎에는
진주 같은 물방울이 어리고
꽃잎 주변에는 눈이 녹아 검은 흙이 드러났다

영하의 날씨에도 꽃의 몸에는
영상의 따뜻한 피가 흐르고 있었다
눈밭 속에서도
멈춰 서지 않는
숨 쉬는 것들의 피 돌림
살아 있는 것은 금빛처럼 아름답다.

김숙경

통장에 잔고가 없는 것처럼 텅 비워진

사색들,

갑자기 불행하지 않을 만큼 외로워지고 싶어졌다.

수필 ────────────────────

내동 사람들

니 이름 낳아도

문학, 새로운 설레임

공주출생 . 한국문인 수필부문 신인상 당선, 한국문인협회, 경기수필가협회, 동서문학회
동남문학회, 문파문학회,
수상 : 제10회 동남문학상 수상
저서 : 수필집 「엄마의 바다」, 공저 「알 수 없는 속삭임 별들이 엿듣고 있다」
E mail : kskprtty@hanmail.net

내동內洞 사람들

가진 게 많지 않아도 꿈이 있고 희망이 있다면 가난한 삶도 생각하기에 따라 행복해지기도 한다. 젊음에 맡긴 생의 노동력 속에 꽃처럼 자라나는 아이들과 남편이 있고 그리고 따뜻한 이웃들이 있던 그 소박한 아름다움으로 스며들고 싶다. 이제 지나간 일들을 도화지 위에 그리고 싶은 화가이고 싶다. 완성된 그림을 바라보며 성취감에 취해보고 싶다. 쓱쓱 무채색에 색을 덧입히는 작업으로 하나둘 그들에게 옷을 입히고 싶다. 크레용처럼 투박하지만 묵직한 질감을 느끼게 한 그들을 떠올려본다.

낡은 사진 같기도 한 풍경들의 따사로운 기억, 어렵고 힘들 때 동반자 같고 서로 어우러지며 도닥거렸던 그때 주변사람들이 그립다. 사람 사는 모습이 다 거기서 거기인 듯한 사람들과 낯설었지만 조금씩 아이가 자라듯 내 인생도 움을 틀 준비를 하고 있었다. 낯선 사람들과 섞이며 한 발짝씩 세상에 걸어 나오는 나를 부축해주던 그때 그 사람들이 문득 그리워진다. 수원으로 이사와 몇 번은 연락한 일도 있는 것 같은데? 내 기억은 내동에서 이사 온 후론 세월을 풀쩍 건너뛴 느낌이 든다. 사느라 그들을 잊고 살아온 시간이 하얗기만 하다. 어쩌다 그리웠지만 그들을 찾을 수 있는 조각은 아무데도 없었다.

가장 그립고 보고 싶은 사람은 내가 아줌마라 불렀던 현정이 엄마다. 딸만 둘 가진 옆 동 빌라에 살았다. 신앙생활이 돈독했고 모태신앙이라고 말했던 것 같다. 갓 돌 넘은 딸과 연년생을 둔 나의 힘겨움을 덜어주느라 수시로 딸애를 돌봐주던 현정이 엄마. 그 무렵 남편 직장을 따라 서울로 이사준비를 한다고 했는데 내가 먼저 그곳을 떠나왔는지 아니면 그쪽이 먼저 내동을 떠났는지 기억이 없다. 얌전하고 조용했던 현정이 엄마. 내게 성경책을 선물로 신앙생활을 인도해주던 그분이 가장 먼저 떠오른다. 기도를 생활처럼 하며 살던 아줌마는 무얼하며 살아갈까. 내가 그러 듯 가끔씩은 내동의 기억을 떠올리고 있을까.

같은 소띠인데 나보다 조금 더 나이 들어 보이던 진경이 엄마는 어디에 살고 있을까. 아직도 그곳에 뿌리를 내리고 사는지. 여 형제가 없어 자매가 많은 우리를 무척이나 부러워 동생들이 와도 함께 있는 게 좋은지 자리를 뜨지 않아 동생들이 불편해 했던 기억도 있다. 눈이 동그랗고 엄마 닮아 예쁘던 진경이는 시집을 갔을까. 우리 밑보나 한두 살이 많아 동생 돌보듯이 하다가도 심술을 부려 울게 만들던 남자같이 극성맞던 아이, 진경이 엄마는 진경이 동생을 보게 했는지 너무도 많이 그들을 잊고 살았다. 힘겨움도 어려움도 같은 나이라서 서로 하소연하며 마음을 터놓고 지냈다고 생각했는데 그때뿐이었나 하는 생각이 든다.

부천으로 이사 와서 맨 먼저 상견례를 한 사람이 집주인 혜연이 엄마다. 집 얻을 때도 남편 혼자 왔으니 이사하면서 처음 인사하는 셈이 됐다. 딸만 셋 있는 집이었고 맞벌이하는 혜연이 엄마 대신 시어머니가 살림하면서 막내인 혜진이를 돌보고 계셨다. 쪽진 머리에 체격 좋았던 부지런하고 단정한 애들 할머니였다. 내가 그 집에서 아들을 낳으니 가장 부러워한 분도 그분이고 내가 가장 미안하게 생각하는 일도 그분이다. 아들 낳았다고 올라온 양가 아버님들은 세 사는 사람의 어려움도 모르고 그것도 아들 낳아서 기쁘다고 밤새 허허 하며 술잔을 주거니 받거니 했으니 지금 생각해도 등이 뜨거워지는 일이다. 남의 아픔 헤아리지 못한 어른들이라고 얼마나 흉을 봤을까 지금 생각하면 다들 생각이 깊지 못했다는 반성이 생긴다. 벽 하나를 사이에 두고 한 방을 세주었던 걸 보면 식구가 많지 않아 내주었을 텐데 주말마다 언니를 본다고 친정에서, 형을 본다고 시댁에서 수시로 찾아드는 우리 식구들을 보고 얼마나 어이없었을까. 한집에 살 때 친언니같이 싫은 소리 안하고 동생처럼 돌봐주던 혜연이 엄마와 그 집 식구들이 그립다. 세 애들도 보고 싶다. 할머니는 연로하셔서 이제 이 세상 사람이 아닐 듯싶다. 사느라 너무 오래 잊고 살았다. 그리운 사람들 보고 싶은 사람들이다.

부업한다고 고무 바킹 따던 2층집 두 할머니는 생존해 계시는지, 남편이 영화사업 한다던 새댁 네는 불행한 일을 겪었다는데 어떻게 사는지, 시끌시끌하지만 정이 많던 보람이 엄마도 기억에 남는 사람이다. 놀다 지치면 아무데서 쓰러져 자던 순둥이 보람이지만 잠에서 깨면 어지간히 징징거려 제 엄마가 무척 힘들어했던 기억이 난다. 그 애는 또 얼마만큼 변했을까 궁금하다. 아무것도 그 애들은 기억하지 못하겠지만 그쯤의 내 기억창고는 선명하다. 큰 공장이 있던 서울사료는 그대로인지 우리가 살던 그 허름한 빌라는 다시 지어졌는지 내동 교회는 건재한지 모두가 그리운 편린들이다. 언젠가 한번 순례한다는 일을 아직도 실행하지 못하고 있다. 그들과의 끈을 다시 이어가고 싶다. 아주 소박하고 수수했던 그때 이야기들, 여백을 채우듯 그렇게 색칠하고 싶다.

^{수필}니 아를 낳아도

봄이 꽃들을 매달고 온다. 꽃의 향연 속으로 한 걸음씩 걸어 들어가며 그 꽃향기에 불쑥불쑥 빠지고 싶은 나이가 됐다. 꽃이 예쁘고 아름다운 건 세월이 흐르고 나이가 들어서라고 한다. 젊을 때는 내가 꽃이니 다른 꽃은 꽃으로 보이지 않아서라고도 하니 그 말도 일리 있는 것 같다. 이제 꽃처럼 예쁜 게 또 하나 늘었으니 자식들 여의 살이 시켜 그 자식이 낳은 손주를 보는 일이라고 한다. 사람이 꽃보다 아름답다는 말이 유행가 가사만은 아닌 듯 하다. 나무가 잎을 피우고 꽃나무가 꽃을 피우듯 나도 딸이 낳은 예쁜 손주를 안아보고 싶은 욕심이 생겼다. 할머니는 빨리 되고 싶지 않았는데 마음이 변했다.

멀리 있는 딸에게 밑도 끝도 없이 카톡을 보냈다. "니 아를 낳아도" 바쁘지 않았는지 곧바로 답이 왔다. "자체 생산하는 일이 빠를 듯" 어이없었지만 아직 자리 잡지도 않은 자식에게 무리한 요구를 한 것 같긴 했다. "공장 문 아직 안 닫았지만 네가 낳아 주는 게 더 빠를 듯" 몇 마디 대화에 딸의 현실을 실감했다. 아직 3~4년은 더 기다려야 된다고, 제 신랑 학자금 대출을 다 갚기 전까지는 아기를 가질 수 없다고 잘라 말한다. 미국에서 성장한 사위의 생각은 누구한테 의지 않고 스스로 해결하는 일이라 생각하는 것 같다. 경제적으로 큰 어려움 없지만 자신이 선택한 일은 자신이 해결하는 일을 당연한 일로 여기는 것 같다. 마치 수순을 정해서 그렇게 이루어 가는 것처럼 보인다. 처음에는 살 만한 어머니가 왜 갚아주지 않을까 그네들의 사고방식을 섭섭해 했다. 딸이 짊어질 무게를 가볍게 해주고 싶은 마음에서였다. 사위도 편하게 가고 싶겠지만 도움 없이 스스로 해결할 수 있기에 그리 문제 삼지 않는 것 같았다. 그보다 더 큰 문제는 그 핑계로 우리 세대처럼 아이를 갖고 싶은 절실한 욕구가 없는 것 같아서 내심 걱정이 앞섰다.

기다리고 순리대로 살아야 하는 일임에도 요즘은 마음이 변했는지 손주를 기다리고 있다. 너도나도 손주 사랑에 빠진 친구들이 있어 나도 욕심을 가져본다. 일찍 결혼한 친구들은 벌써 손자나 손녀를 보았다. 아이를 봐준다고 직장을 그만두고 손녀 보는 일에 전념하는 친구가 있다. 며느리가 직장생활을 마음 편하게 할 수 있도록 배려해주는 일은 좋은데 자나 깨나 엄마보다 더한 애정을 쏟는 일이 이해되지 않았다. 아이를 돌보느라 꼼짝 못하기도 하거니와 모임 자체도 잘 이루어지지 않아서 우리는 불만이기도 했다. 아이 엄마가 일찍 오는 날은 가능지만 그렇지 않은 경우 누구에게 맡기는 일이 쉽지 않았기 때문이었다. 친구는 모임보다도 아이 보는 일이 더 절대적이고 아이 돌보는 일만으로도 무척이나 행복해 했다. 나 같은 경우라면 나는 없고 오로지 아이만이 존재하는 그런 삶은 살지 않을 거라고 생각했다. 내 인생도 중요하다는 생각 때문이다. 아이로 인해 얽매이고 싶지 않은 게 정확한 표현이었다.

시어머니 생각이 난다. 아이들 연년생으로 키울 때 힘들어 딸을 어머니께 봐주십사 말씀드렸더니 일언지하에 거절하셨다. 그때는 그 말씀이 어찌나 서운한지 그 감정이 오래갔지만 어머니만의 아픔을 이해하니 섭섭한 일도 아니었다. 둘째 아들이 아기 때 경기로 인해 그 후유

중으로 다리를 전다. 산골만 아니었어도 그렇게 되지 않았을 거라는 자책을 늘 하셨다. 십리 길을 멀다 않고 업고 뛰다시피 해서 그나마 살렸다고 했다. 어머니에게는 지금도 그 자식은 늘 아픈 자식이다. 그런 악몽을 겪었으니 자신 없는 일이라 여기고 매몰차게 거절하신 것 같다. 나도 한때는 손주를 낳아도 키워주지 않겠다고 했는데 이제 그 마음이 조금은 변했다. 가능하면 봐주는 일도 내 자식을 위한 일이라는 생각이 들어서이다. 남들에게 맡기는 일보다 할머니가 봐주면 얼마나 안심이 될까 하는 마음이 든다.

우스갯소리로 손주 자랑하려면 돈 만 원 내고 하라는 말이 유행한 적이 있다. 친한 친구의 손주 사랑은 어느 정도 봐주지만 시도 때도 없이 관계가 가깝지 않은 사람들의 자랑은 남 보기에 그리 좋아 보이지 않아서 그런 이야기가 생긴 것 같다. 적당하면 좋은데 한 번 늘어놓으면 끝도 없으니 그 일방적인 사랑이 당사자만큼 느껴지지 않아서일 것이다. 그래서 우리 중학교 동창 일곱 명은 손주 자랑 십 분에 돈 만 원 걸기로 했다. 삭막하지만 상황을 인정하고 모두 다 웃으며 그러자 결정했다.

손자 사랑에 빠지니 폴더를 고집하던 친구 하나도 기어이 스마트폰으로 교체하는 일도 생겼다. 기계치 그 친구는 며느리가 손자를 배경 삼아 사진도 꾸며주고 순간순간 모습을 실시간 찍어서 카톡으로 전송해 준다고 좋아한다. 이런 신천지의 세계를 강력히 거부하던 친구가 문명의 세계에 일찍 발을 들여놓은(?) 나의 안타까움에서 구제된 일이 좋다. 가까운 친구들의 그런 모습만 보고 딸에게 계획을 바꾸길 원하니 어림도 없는 소리가 된 것이다. 자식 키울 때 몰랐던 또 다른 맛을 보고 싶지만 나는 그때도 내 아이들이 예뻤다. 얼만큼 더 예쁠지는 낳아봐서 눈으로 보아야만 알 것 같다. 그날을 순리대로 기다리기로 했다.

문학, 새로운 설레임

윗동네 청호아파트 앞 담장 위 개나리가 봄 햇살 맞으며 곰실곰실 꽃피우려 애쓰는 눈치다. 봄 하늘이 가을 닮은 하늘처럼 투명하고 맑다. 걸어다니며 상념을 주워왔던 일들을 이제는 차 안에서 잠깐씩 사유하는 버릇으로 변했다. 하지만 차창 밖 풍경처럼 휙 지나가듯이 생각 또한 쉽게 잊혀진다. 머릿속 한편은 글을 써야지 하는 강박관념이 생긴 지 오래다. 탄력을 받으면 써지는 글들이 오래전 이야기 같다. 컴퓨터와 마주 앉아 생각의 실타래를 풀어내야 하는데 어찌된 일인지 막연하고 막막하기만 해서 두렵기까지 하다.

자극을 주기 위해 소속해서 글을 쓰는 일은 그나마 좋아하는 일이기에 안심하고 즐겨한다. 그것만으로는 부족한 내 감성이 단단하고 완강하게 굳으려면 아직도 먼 듯싶어 무거운 마음이 들 때 꼭 듣고 싶은 문학 강의가 있으면 억지를 내서 참여하는 일로 위안을 삼는다. 어제는 한국문단의 거장이라 불리는 태백산맥으로 유명한 작가 조정래 선생님의 –문학, '인간다운 삶을 위하여'–라는 강좌를 듣고 왔다. 그분의 타이틀만큼 많은 사람들이 강당을 메웠다. 싸인을 받기 위해 태백산맥 한 권을 들고 가는 일도 잊지 않았다. 수원문인협회 회원으로 있기에 행사에 앞서 작가와 면담도 할 수 있고 사진촬영도 같이 할 기회가 있었다. 문학인들만의 특권이라서 어느 땐 자랑스러운 일이 된다. 물론 VIP석도 기다리고 있어 글 쓰는 사람들만의 자부심이 생긴다.

어려운 이야기를 쉽게 풀어내는 강의, 열심히 받아 적으려고 한순간도 귀를 닫지 않았다. 일상생활에서 단 십 분이라도 지킬 수 있는 시간만큼 책을 읽기를 강조하는 모습, 문학은 반창고와 파스가 될 수 있는 글, 감동하고 치유하는 글을 써야 한다고 말씀하셨다. 인간이 살아온 삶의 역사가 되어야 한다는 말은 꾸준히 기록하고 사유하면서 한순간도 게올리지지 말아야겠다는 다짐을 하게 했다. 위안받기 위해서 의지하기 위해서 글을 쓴다는 말은 맞는 일 같다.

지난해 가을 막바지에 '엄마의 바다'란 책을 출간하고 나는 한동안 나에 대한 대견함에 빠져 안주하고 있었다. 뭔가를 해냈다는 일이 잠시 쉬어가는 일인 줄 알았는데 그 기분에 젖어 헤어 나오지 못하고 만 것이다. 겸손해야지 다시 시작해야지 하는 다짐은 늘 공염불이 되고 말았다. 자만은 아니지만 내 글이 읽는 사람에게 어떻게 비추어질까. 너무 사생활을 드러내어 오히려 이미지만 안 좋으면 어쩌나 많은 생각들을 하기도 했다. 그래도 아픔을 동조해주고 격려해주는 사람들이 있어 따듯하고 행복했던 시간들이었다. 잘 쓰든 못 쓰든 작가는 혼신을 다해서 쓴 글이고 최선을 다해서 쓴 글이라는 말씀에 많은 위안을 받고 돌아왔다. 나도 그렇게 쓴 글이었음을 내심 동조 받고 싶었다.

서정주 시인은 '국화 옆에서'를 쓰기 위해 40년이 걸렸고 조지훈 시인은 '승무'를 쓰기 위해 30년이 걸렸다고 했다. '누구를 위하여 종은 울리나'를 쓴 훼밍웨이도 마지막 부분을 위하여 열한 번을 고쳐 썼다고 했다. 15매도 안되는 수필을 쓰면서 힘들어 끙끙거리는 나를 본다. 몇 번을 들여다봐도 찾아내지 못하는 매끄럽지 않은 문장 적당한 어휘를 구사하기 위해 애를 썼는지, 문맥의 부드러운 흐름도 발견하지 못하고 우매함에 빠져 자기만족으로 덮어버린 부끄러운 기억들 때문에 내가 열망하는 문학을 새로운 시각으로 들여다보아야겠다는 작은 책임감이 생겼다. '글쓰기는 살아 움직이며 끊임없이 상처받고 치유하고 있는 영혼을 질료로 삼는 다는걸 알았다는' 공지영 님의 글을 인용해본다. 글 쓰는 사람들의 맥락을 잘 이해하며 이제는 성숙된 글을 쓰고 싶어졌다.

전옥수

노오란 별들이 떠나온 자리는 청명했다
사그락거리는 그들 속에 머물다
별이 되었다

시

부산출생. 2008년 『문파문학』 시 부문 신인상 당선 등단, 한국문인협회 회원, 문파문인협회 총무
경기시인협회 회원, 수원시인협회 회원, 동남문학회 부회장
수상 : 제10회 동남문학상
저서 : 공저 「하늘 닮은 눈빛 속을 걷다」 외 다수
E-Mail : ohksu1003@naver.com

갑이고 싶은

마트에 갔다
삭히지 못해 독이 오른
생선 가시들이
그녀의 입에서
마구 쏟아지고 있다
좁은 어깨 지닌 매장 직원의
조아린 침묵 속에
갑이고 싶은 그녀의 칼 끝 파편들은
소금 치듯 파고들어
생채기를 내며 부풀어 오른다
자반고등어 속살에 걸려 있던
굵은 소금 낱알들이 수근거리다
짠 내 나는 비릿한 바다를 꼬리에 물고
매장 안으로 유유히 흩어진다
빠른 랩 장단이
숨 가쁘게 그 뒤를 잇는 나절
화려한 천정 조명에
손바닥만 한 먹구름 한 조각 걸린다

에어컨 실외기

맞은편 305동 베란다에는
여름내 흘린 땀들을
헉헉대며 흡입하던 묵직한 더위가
메주덩이처럼 주렁주렁 말라가고 있다
이슬처럼 내려앉은 가을은
새벽 창을 밀고 들어와
홑이불을 끌어 당긴다

거실 한 모퉁이
칠 벗겨진 나무의자에 걸터앉은
그녀의 계절은 여전히 열대야다
쇠창살에 붙어있는
에어컨 실외기는 더 이상
아량을 베풀지 않을 기세다

새삼
울렁대며 보채는 속내를 멀미약으로 달랜다

방전

시동을 걸자
바람 하나 휙~ 지나
후르륵 고개 떨군다
창문의 여닫음도
라이트의 깜빡임도
도무지 기척이 없다
자동차 열쇠만 감았다 풀었다
감았다 풀었다
식어버린 엔진
바닥 드러낸 발전기
빈 깡통 속이다

비릿한 푸념들이
잡초같이 돋아나 검은 숲 이룬
내 삶의 계기판에
빨간 신호 깜빡인다
흔들리는 바람에
점점 약해지는 기도 소리
곧 방전이다

울 언니

하얀 드레스 결이
웨딩음률 타고 붉은 카펫을 사뿐대는 시각
목젖을 간신히 넘어온 가슴앓이가
한 뼘도 내딛지 못하고 눈꼬리에 흥건하다
가없는 그 사랑 꽃밭을 뒹구는데
휠체어 바퀴는 뻑뻑해 도무지 구르지 않는다
시든 열무단처럼 쓸모없이 늘어진 육신은
혼주석 빈 그림자만 물끄러미 삼키는데
애닯은 파도는 쉰 소리로 귓가를 넘나든다
등 돌리며 돌아눕는 하얀 시트가
온통 자갈밭이다

붉은 밤

세상을 호령하던 그가
소리 없는 총탄에 맞아 고통한다
초점 잃은 오만과 패기는
한 가닥 지푸라기 위에 자존심을 얹었다
간간히 흘리는 신음 속에
전능자의 이름이 감히 불리어지고
암 병동 한 켠에서
임박한 전부를 순비한다
듬성대던 머리털이
바리깡에 밀려나는
독한 의식이 한바탕 치러지고
방어와 수비를 재정비한 그가
목숨 건 전장에 홀로 섰다

갓 입학한 딸아이의
교복 입은 미소가 뜨거운 수액으로
링거 줄 타고 혈관을 데우는
붉은 밤이다

이율배반

관공서에 갔다
이 비싼 시간들을
머그잔을 손에 든 저들이
아주 싼 값에 벌컥대고 있다
한 번
두 번
그리고 세 번째 방문
소시민의 절박함은 절대로 알아야 할 이유가 없다는
저 충성심의 대가는
내 통장에서 빠져 나간 세금으로 지불된다는
이. 율. 배. 반

종이컵

핏기 없이 도르르 말린
그녀의 입술이
혀끝을 밀고 들어온다
담백하다
뜨거운 호흡
온 세포에 전율되는 찰라
놓칠까
두 손으로 감싸 안는다

언제부턴가
내 하루의 시작이 된 그녀
한 모금의 체온까지 다 내어주고
책상 끝으로 밀려나
고독한 순례 길에 서 있다
지우개 가루처럼 얼룩진 그녀 위로
한 줄기 소낙비 내린다

박경옥

노란 은행잎이 눈부시다
늘 미완성인 내 삶의 한 부분에도
저 가을빛깔이 채워지면 좋겠다

문파문학 수필 부문 신인상, 한국시학 동시 부문 신인상
한국문인협회 회원, 문파문인협회 회원, 한국카톨릭문인협회 회원, 경기시인협회 회원, 동남문학회,
동서문학회 회원, 동남문학회장, 독서논술 교사
수상 : 동남문학상, 동서문학상 시, 수필부문 수상

봄을 타다

산수유나무 움트는 연노란 입술 사이로
누군가 들어간 저녁,
나 홀로 길을 잃었다

누군가 벗어놓고 간 바람을 타고
목련가지 보풀보풀 실눈 뜨는 사이
박새 한 마리 물어 온 구름 몇 가닥
둥지를 틀고 있을 때 야금야금 소리 없이
몸 구석구석 스며든 세상과의 단절

애초부터 없었던 길과 길 사이를
꿈결처럼 혼자서 헤매는 사이
노곤하게 늘어진 내 그림자 속으로
어느새 들어온 길고 긴 봄 빛
여기저기서 꽃망울 터지는 소리
길을 묻는다

자작나무 숲에 들다

그곳에 가면 은빛으로 빛나는
종소리 가득 하다
발아래 흐르는 골짜기 맑은 물
밤새 퍼 올려 하늘에 쏘아 올리는 소리
작은 잎사귀 끝에 매달린 꿈들이
햇살에 반짝이며 번지는 소리
가장 춥고 가장 깊은 곳에 살면서
누구보다 곧고 따스한 눈빛 키워 내는 나무
연하디연한 속살 손끝에 대면 첫눈처럼
떨어져 내리는 나무, 그 속살에 대고 편지를 쓰면
사랑이 이루어진다는 전설이 사는 곳
연인들의 간절한 기도가 별이 되는 숲
삶의 아득한 가지들을 내려놓는 지친 발자국들
반짝이는 은빛으로 가만히 덮어준다

친구와 연인 사이

　산책길에 만난 작은 새 두 마리의 날갯짓이 눈부시다. 아침 햇살은 바람을 타고 오는지 나뭇가지를 흔들며 반짝인다. 머리를 맞대고 있는 작은 새 부리에서 햇살 같은 향기가 날아올 것 같다. 참 다정하다. 둘은 친구일까 연인일까 걸음을 멈추고 잠시 생각해본다. 모든 생물에게 짝을 지어주신 신의 섭리에 새삼 감탄을 한다, 한 쌍의 다정한 연인들을 보면 그런 생각이 든다. 어떠한 인연으로 만났든 짝이 되어 두 손꼭 잡고 웃는 신랑 신부의 모습은 세상에서 가장 아름다운 그림이다.

　지난 가을, 외사촌 동생이 결혼을 했다. '시월의 어느 멋진 날에' 축가가 더 의미 있게 들린 건 그들이 마흔의 신랑 신부였기 때문이다, 마흔네 살의 신랑과 서른아홉의 신부는 나이답지 않게 젊고 예뻤다. 둘 다 초혼인지라 누구보다도 더 많은 축복의 인사가 오갔다. 오래전 외삼촌과 외숙모가 돌아가셔서 외할머니와 고모인 내 엄마의 보살핌으로 자랐던 사촌 동생들은 팔 남매가 참 의젓하게 커서 제각각 짝을 만나 가정을 이뤘다. 세 번째 서열이면서 장가를 못가고 있는 동생 때문에 늘 마음이 쓰였던 형제들은 그날 박꽃처럼 환한 웃음들을 지었다. 오랜 유학 생활로 혼기를 놓친 신부도 경찰관으로 바쁜 일과에 쫓기며 혼기가 지난 신랑도 이제 제 짝을 만났으니 일찍 결혼한 커플보다 더 많은 사랑을 나누며 살 것이다.

　평생의 짝을 만난다는 건 억지로 되는 게 아닌 것을 나는 누구보다 잘 안다. 서른이 넘도록 결혼할 생각을 하지 않는 나 때문에 엄마의 속은 늘 검게 탔다. 친한 친구들이 하나씩 제 짝을 만나 내 곁을 떠날 때

나는 연극을 보러 다니고 음악회나 다니며 레코드를 모으는 일에 심취했다. 선도 여러 번 봤지만 이래저래 꼬투리를 잡는 과년한 딸을 보며 애를 태우곤 했다. 내 얼굴만 보면 선을 보라고 하는 엄마를 피해 이젠 독립을 해서 혼자 살겠노라고 선언을 하면서 엄마와의 갈등이 깊어졌다. 그 즈음 남편과 선을 보게 되었고 참으로 예기치 않게 결혼까지 하게 되었다. 지금 생각해보면 부부의 인연은 하늘이 정한다는 말이 맞는 것 같다. 좋은 조건을 가진 상대를 아무리 밀어붙여도 서로의 마음이 통하지 않으면 성사가 되지 않는 게 부부의 연이다. 남이 보기에 모자람이 있어도 둘만이 갖는 공통분모가 통할 때 비로소 제 짝이 되는 것이다.

내게는 과년을 넘어선 싱글 조카가 셋이나 있다. 큰오빠 아들 둘째가 일주일 전에 결혼식을 올렸다. 형을 제치고 먼저 가는 동생 뒤에 서서 가방을 들어주고 축의금을 챙기고 시중을 드는 장조카를 보면서 마음이 짠했다. 요즘 선호하는 직업을 가졌고 누구보다 성실하고 어여쁜 녀석인데 제 짝을 못 찾고 있다. 언니 아들 둘째도 내년 4월에 날을 잡았다. 형이 가길 기다리다 지쳐 유학 중에 사귀어 오랜 연애를 한 탓에 더 이상 미룰 수가 없어 먼저 가게 된 것이다. 동생을 먼저 보내게 되는 형의 마음을 나는 이해한다. 동생을 먼저 시집보낸 그때의 내 마음이 심란했으니 말이다. 결혼을 하지 않고 혼자 살겠노라 큰소리쳐도 옆구리가 시리고 마음 한켠이 서늘한 건 어쩔 수 없는 일이다. 그 다음 작은 오빠네도 같은 상황이다. 서른이 넘은 딸은 시집 안 가고 혼자 살겠다며 큰소리친다. 방송 작가로 당당하고 야무지게 살고 있다. 하도 당차서 정말 그럴 것 같은 생각이 든다. 이번에도 남동생이 내년 4월에 날을 잡았다. 동생들은 짝을 만나 연애를 하고 알콩달콩 새로운 삶은 시작하는데 큰 녀석들은 왜 아직 인연을 못 만나는지 모르겠다.

딸이 남자 친구가 생겼다. 내년이면 스물넷이 되는 딸이 아직까지 남자 친구가 없어 내심 걱정을 하던 차다. 그 동안 친한 친구들은 사귀고 헤어지고를 몇 번씩 반복하는데 딸은 남자친구 한번 안 사귀는 게 왠지 은근 걱정이 되었다. 엄마한테만 말하는데 하면서 시작한 딸의 남친 얘기는 내 가슴까지 두근거리게 했다. 처음 사귀는 딸의 남자친구의 모든 게 궁금했다. 어떤 가정환경의 자식일까 어떤 마인드를 가진 사람일까 모든 게 궁금했지만 내 딸이 사귀길 결심했으면 틀림없는 사람이라 믿고 싶기도 했다. 성실하고 자기 주관이 뚜렷한 사람임을 입증하는 몇 가지 사실을 확인하고는 안심이 되었다.

아직 남아 있는 공부도 있고 할 일이 많은 딸이지만 가장 예쁘고 아름다운 시절을 좋은 사람과 사랑스럽게 보냈으면 좋겠다. 아직은 친구라고 못을 박는 딸의 말을 들으며 고개를 끄덕여 주었다. 친구와 연인 사이엔 무엇이 있을까 생각을 하며 친구가 연인이 되고 부부도 될 수 있다는 말은 하지 않았다. 요즘 아이들은 쉽게 사귀고 쉽게 헤어지지만 내 딸은 그러지 않았으면 좋겠다. 때론 싸우기도 하겠지만 그러면서 이해하고 배려하는 마음도 배우게 될 것이기 때문이다.

나뭇가지 사이로 내려온 햇살이 땅에 떨어진 감나무 잎사귀에 앉았다. 반짝거리며 가을이 깊어간다. 어디선가 이름 모를 향기가 코끝을 간지럽힌다. 작은 새 두 마리의 부리에서 날아온 사랑의 향기가 아닐까 잠시 두리번거린다. 친구든 연인이든 함께 한다는 건 기쁨이고 행복이다. 그들 사이엔 아름다운 이야기들이 은하수가 되어 흐른다. 평생의 짝을 만나는 일, 그것의 시작이기 때문이다.

그 애랑 나랑은

바람을 타고 유월의 살 내음이 밤꽃 향기처럼 하얗게 떨어져 내린다. 이름 모를 새 한 마리가 호수 위에 뜬 오리배 꽁지 사이로 내려앉는 한낮의 풍경이 고요하다. 숲길을 들어서는 입구에서 잠시 걸음을 멈춘다. 두 갈래 길이 서로의 손을 내밀며 웃고 있다. 어느 쪽으로 마음을 내어 줄까 잠시 망설인다. 문득 유년의 외갓집 가는 길이 떠오른다. 느티나무가 있는 언덕을 오르던 길, 그 길에도 두 갈래 길이 있었다. 바람의 살결이 부드럽게 귓가를 어루만지며 불어오는, 소나무숲길을 뒤로 하고 느티나무 길로 들어선다. 그 길에 어린 그 애가 서 있다.

그 아이는 내 유년의 뜰 한 모서리에 늙지 않는 풍경으로 서 있는 나무다. 친척이라곤 외갓집밖에 없던 내게 방학이면 찾는 외할머니 댁은 일 년에 두 번 떠나는 유일한 여행지였다. 흙냄새 풀냄새가 살큼거리는 시골집이 왜 그렇게 가고 싶었는지 방학만 손꼽아 기다렸다. 그러나 일주일도 되기 전에 나는 해질녘이면 싸리문가에 서서 집 생각에 눈물을 글썽였다. 어린 나를 달래기 위해 외할머니는 콩이 든 알사탕을 하나씩 꺼내 주시곤 하셨다. 그러나 한낮이면 친구들과 어울려 노느라 하루가 짧기만 했다. 여럿 친구가 있었지만 그중 그 애는 좀 특별한 친구였다.

그 애는 나보다 한 살 위였지만 학교에 일찍 들어가 두 학년이나 높아서인지 늘 오빠처럼 세심하고 다정했다. 여름이면 느티나무 아래 평상에서 단수숫대를 잘라 벗겨 주기도 하고 냇가에서 돌을 쌓아 물길을 막고 물고기 잡는 법도 가르쳐 주었다. 종이배 접어 냇물에 띄우면 노란 햇살을 타고 우리의 웃음소리와 함께 흘러갔다.

소나기 한차례 지나간 툇마루에 앉아 옥수수를 먹으며 듣는 매미 소리도 한 여름의 무더위를 식혀주는 청량제였다. 잠자리를 잡아 내 주머니에 넣어주기도 하고 메뚜기를 지푸라기에 쭉 꿰어가지고 와 짚 불 더미에 구워주기도 했던 내 여름방학은 그 아이 때문에 하얀 뭉게 구름처럼 둥실거렸다. 방학숙제를 끝내고 나면 나는 언제나 국어책을 큰소리로 읽었는데 그럴 때면 그 아인 마루에 걸터앉아 두 다리를 번 갈아 흔들며 듣곤 했다. 그 여름이 그렇게 뒤란의 보라색 붓꽃과 함께 피고 지며 지나갔다.

날이 새면 언제나 외갓집 싸리문을 열고 와자지껄 아이들을 몰고 들어와 '놀자'를 외치던 그때, 느티나무가 있는 언덕길을 올라 함께 하 루를 보내고 들로 산으로 뛰어다니며 토끼풀 클로버를 찾아다니던 티 없이 맑았던 그 마음들도 살금살금 자라는 우리의 키처럼 어엿하게 자라고 있다는 걸 그땐 몰랐다.

중학생이 되면서 연둣빛 잎새들의 반짝임 같은 유년의 뜰에선 더 이상 뛰어놀 수 없게 되었다. 여전히 방학이면 나는 외갓집에 갔지만 어릴 때처럼 외갓집에 오래 머물 수도 없었으며 부쩍 커버린 우리는 둘 다 이젠 더 이상 아이가 아니었던 것이다. 뭔지 알 수 없는 묘한 서 먹함이 있었다. 그 집엔 그 애와 나이 차이가 많이 나는 예쁜 언니가 있었는데 가끔 놀러가서도 마루에 앉아 그 언니랑 얘기하다 올 때가 많았다. 입시 때문인지 잘 볼 수가 없었다.

기차와 버스를 갈아타야 하는 외갓집을 심부름이라는 명목으로 굳 이 내가 가게 될 때면 농장집이라고 불리던 그 집 앞에서 조금 천천히 걸음을 옮기곤 했다. 우연히 집 앞에서 만날 수 있지 않을까 기대를 하면서 말이다. 그 집 앞엔 커다란 느티나무가 있었고 그 아래 평상에선 동네 어르신들과 아이들이 늘 모여 있었는데 나는 일부러 그 평상에 한참을 앉아 있다 오기도 했다. 그 때 그 집 탱자나무 울타리에 쏟아지던 밝은 빛살은 늘 두근거림으로 반짝였는데 내 유년은 노란 탱자가 익어가는 거기서 머물러 있다.

숲길 사이 오솔길에 보일 듯 말 듯 아주 작은 들꽃들이 수줍게 웃고 있다. 모르고 지나칠 뻔한 풀꽃이다. 보랏빛, 연분홍빛, 연노랑 빛이다. 향기조차 느껴지지 않지만 분명 그들에게도 향기는 있을 것이다. 누군가에게 관심을 받고 싶고 또 누군가에게 관심을 가지는 나이, 자기가 보는 세상이 전부인 듯 티 없이 맑기만 했던 유년의 기억들이다. 이쁘고 아름다운 두근거림이 풀잎 끝에 맺힌 이슬처럼 짧지만 마치 잘 보이지 않는 풀꽃처럼 지친 삶의 여정에 문득문득 은은하게 향기로 다가온다.

세월이란 참으로 많은 것을 변하게 한다. 사람과의 인연도 마찬가지다. 그 애와 나랑은 어린 시절 스스럼없는 소꿉친구였고 나에게 맑고 고운 빛살을 지니게 했던 친구였지만 지금은 사돈간이 되어 있다. 내 큰 오빠와 그 애 누나가 결혼을 했기 때문이다. 인연이란 참으로 기묘한 것이다. 그 애와 내가 사돈간이 될 줄을 누가 알았을까. 얼마 전 그 사돈과 옛날 유년 시절 이야기를 나누며 옛 기억들을 하나씩 떠올렸다. 그 때 국어책을 읽던 낭랑한 목소리가 듣고 싶다고. 지금은 중년이 되었지만 그 유년의 뜰에 서 있는 우리들의 나무는 늙지 않는다고. 탱자나무 울타리에 쏟아지던 그 노오란 빛살이 참으로 그립다고.

텃밭에서 자란다

푸른 채소들이 단란한 가족처럼 모여 있다. 상추와 치커리와 쑥갓이 옹기종기 얼굴을 맞대고 정담을 나누는 모습이다. 마치 명절날 온 친척들이 다 모여 사이좋게 놀고 있는 듯 정겹다. 사이사이에 잘 생긴 샐러리도 푸르고 싱싱하게 꼿꼿이 서서 짙은 향기를 내뿜고 있다. 맨 뒤쪽에 적당히 키가 자란 아욱이 큰형처럼 아우들을 내려다보고 있다. 상추도 색깔과 모양이 각각 달라서 적당히 서로 섞여 조화를 이룬다. 어느 것도 서로 잘났다고 자기를 드러내지 않는다. 그들은 빛깔과 모양에 맞게 우리의 입맛을 돋우어준다. 보기만 해도 흐뭇하다. 가꾸고 정성을 들인 만큼 자연은 우리에게 기쁨을 준다. 사람 사는 모습과 너무나 닮아 있다.

손바닥만 한 텃밭을 가꾸기 시작한 건 작년부터다. 그동안 주말농장을 하는 지인들을 보면서도 내가 하고 싶다는 생각을 해 본 적이 없다. 게다가 십 년이 다 되도록 내가 사는 동 바로 옆에 논과 밭이 있다는 걸 모른 채 살았다. 아주 작은 논과 밭이다. 상가 건물에 가려져 보이지 않았던 탓도 있지만 그런 일엔 아예 관심이 없었기 때문이다. 작년 봄 우연히 친한 지인 몇 사람과 함께 우리도 상추라도 직접 심어 보자는 얘기가 나와 당장 실천에 옮겼다. 넷이서 열두 평 정도의 텃밭을 나누니 세 평씩 돌아갔다. 새로운 일이 생기는 건 신나고 설레는 일이다.

난생 처음 밭을 갈고 거름을 하고 토마토와 고추와 상추 모종을 심었다. 아주 좁은 곳이지만 이랑을 만들어 검은 비닐을 씌우는 일도 보통 일이 아니었다. 농사를 본업으로 하는 사람들 심정을 조금 알 것 같았다. 아는 사람들은 내게 일주일 내내 일하면서 텃밭은 어떻게 가꿀 건지 걱정을 했다. 나도 사실 제대로 하게 될지 걱정이 되긴 했다. 바쁜 외중에도 뭔가 하고 싶었다. 남들 다 하는 대로 상추와 치커리 등 쌈 종류의 씨앗을 뿌렸다. 아들이 좋아하는 아욱 씨도 뿌리고 나니 그날부터 기다림이 시작됐다. 이제나 저제나 싹이 나오길 기다리는 것도 기분 좋은 일이었다.

봄비가 내렸다. 밭에선 어느새 상추도 아욱도 얼굴을 내밀기 시작했다. 너무 예쁘고 신기했다. 자식을 키우는 것처럼 정성을 들였다. 수시로 토마토와 고추 곁순 따주는 일도, 한 주(포기)마다 지주대를 세우고 끈을 8자로 서로 묶어주는 일도 녹록치 않았다. 얼마 되지 않는 이 일도 힘들다고 하는데 많은 농작물을 재배하려면 얼마나 일이 많을까. 우리가 먹는 농산물 하나하나 농부들의 땀과 고충이 배어 있구나 생각하니 식탁에 오르는 채소들이 귀하게 여겨졌다.

싹이 나고 자라는 모습을 보는 건 기쁨이었지만 솎아주기가 문제였다. 작은 씨앗들이 서로 붙어 심어졌으니 싹이 한꺼번에 붙어 나와 상추와 아욱 솎아내는 일이 너무 힘겨웠다. 작고 여린 것들을 뽑아내려 하면 옆에 있는 게 뿌리 채 흔들려 자리를 잡아주기가 힘들었다. 그리고 뽑아버리기엔 아깝다는 생각이 들었다. 땅속에서 힘겹게 올라와 싹을 틔웠는데 뽑혀진 싹들이 가엽기도 했다. 쪼그리고 앉아 있다 보면 무릎도 아프고 허리도 아팠다. 세상일이란 무엇 하나 쉬운 게 없다는 생각이 들었다. 노력하고 공을 들인 만큼만 내 손에 쥐어진다는 사실도 터득했다.

　솎아주기가 끝나고 나니 풀과의 전쟁이 시작됐다. 뽑아주고 돌아서면 또 그 자리에 풀이 솟았다. 비가 내리고 나면 풀인지 아욱인지 모를 만큼 풀이 자랐다. 게다가 우리가 분양 받은 곳은 소나무 숲 바로 옆이라 다른 곳보다 모기가 떼로 달려들었다. 어느 날은 모기에게 얼마나 물렸는지 양 어깨와 다리가 퉁퉁 부었다. 피부과를 다니고야 진정이 됐다. 모기가 그렇게 무서운 줄 텃밭을 가꾸면서 알게 됐다. 그럼에도 불구하고 얼마 되지 않지만 무공해 고추와 토마토를 따 먹는 기쁨을 버릴 순 없었다. 매일 아욱국을 끓여줘도 싫다고 안하는 아들, 여름 내내 상추를 뜯어 지인들에게 나누어주는 재미와 농부들의 수고까지, 수확의 기쁨보다 더 많은 것을 작은 텃밭에서 얻을 수 있었다.

　올해는 지하수와 농기구가 바로 옆에 있는 아주 좋은 자리를 미리 확보하고 평수도 조금 늘려서 작년의 배로 심었다. 당뇨에 좋다는 여주도, 애호박과 가지와 오이도 심었다. 여리고 부드러운 상추 겉절이도, 발사믹 식초를 뿌린 샐러드도 자주 식탁에 올린다. 아들이 좋아하는 아욱국도 여러 번 끓였다. 솎아 낸 애기 상추 한 움큼 집어 밥 한 술 올려놓고 간장으로 만든 양념장을 듬뿍 얹은 쌈밥은 기가 막히게 맛나다. 다른 반찬이 필요 없다. 당귀와 샐러리는 남편이 좋아한다. 쌉쌀한 맛과 향이 뛰어나다. 작은 땀과 정성으로 식탁이 풍성하다.

　도시농업, 즉 텃밭을 가꾸는 일은 환경적 차원에서도 큰 가치를 지닌다. 도시의 열섬화 현상에 도움이 되기도 하고 다양한 곤충들까지도 도시 안으로 불러들인다고 한다. 토양 내 유기물 순환과 함께 밭에서 자라는 채소의 녹지는 광합성 작용도 뛰어나다고 하니 공기 정화까지

되는 셈이다. 요즘 유치원이나 학교, 직장에서도 텃밭 가꾸기가 활성화 되고 있는 이유다.

얼마 전부터 원예와 조경 공부를 시작했다. 막연하게 할 게 아니라 좀 더 세밀하고 전문적으로 텃밭을 가꾸고 정원을 가꾸는 걸 배우고 싶어서다. 농장에 가서 조별로 직접 텃밭을 가꾸고 관리한다. 해충제를 직접 만들어보고 계란 껍질로 칼슘제도 만들어 보니 유기농 재배가 얼마나 힘든지 알겠다. 예전에 텃밭 하는 사람들에게 얼마나 먹겠다고 힘들게 하는지 모르겠다며 혀를 찼다. 이젠 모든 이들에게 권하고 싶다. 거창하게 환경적인 차원까진 가지 않더라도 건강한 식탁을 차리는 기쁨을 가져보라 하고 싶다. 작지만 지주대(버팀목) 하나를 세우면서 배우게 되는 게 있다. 세상은 혼자 살아갈 수 없다는 것, 나도 누군가에게 기대야 살 수 있고 나도 누군가에게 필요한 지주대가 될 수 있다는 사실이다.

가족을 위해 정성을 들여 직접 가꾼 채소로 식탁을 차리는 일은 행복한 일이다. 그래서 텃밭은 식탁이라고 하나보다. 오늘도 나는 채소밭에 옹기종기 모여 있는 식구들에게 흠뻑 물을 주기 위해 빨간 장화를 신는다. 오늘은 오이꽃 떨어진 자리에 오이가 맺었을까 호박은 더 자랐을까 울타리를 감아 올라간 여주가 꽃이 피었을까 어제 본 방울만 한 토마토는 몇 개나 더 열렸을까 가지꽃이 왜 안 필까 궁금해 하면서 집을 나선다. 텃밭에서 자라고 있는 또 하나의 행복이다.

공석남

그냥 걷고 싶은 길
너랑 나랑 이야기 길
함께하여 더욱 좋은 길

경기 평택출신, 문파문학 수필부문 신인상 당선 등단

문파문학회 회원, 동남문학회 회원

저서 : 수필집 「내 생애 가장 기억에 남을」 공저 「달팽이의 하루」외 다수

돌다리

　지난달 답사회에서 죽주산성을 갔었다. 죽주산성은 경기도 안성의 비봉산 아래 위치한 석성으로 내성과 본성, 외성의 중첩된 성벽구조를 갖추고 있다. 그러나 성벽이 완전히 남아 있는 것은 외성뿐이다. 현재 성의 둘레가 1,688m 높이가 2.5m이다. 석성을 돌면서 그 많은 돌을 기계로 깎아 만든 것처럼 정교하게 다듬은 장인의 솜씨에 놀랐다. 그와 더불어 성벽城壁은 예술적인 가치도 지니고 있었다. 반듯하고 매끄러웠다. 성벽의 모습은 옛 사람들의 솜씨를 고스란히 간직하고 있다. 돌의 크고 작음과 색상이 빚은 우수함과 돌 속에 스며든 무늬는 삼국시대로 거슬러 그 시대의 사람들을 만나게 했다. 사대문을 통과하는 돌다리는 하나로서 그 가치를 지니고 있었다.

　돌의 길이와 넓이가 어느 정도인지 육안으로 보지 않고는 실감이 나지 않는다. 돌다리를 보면서 어떻게 저런 돌을 종이나 무를 자르듯이 반듯하게 잘랐을까가 더 궁금했다. 물론 성벽을 쌓은 곳을 받침으로 하여 한 장의 돌을 올려놓은 다리이다. 그 밑으로 사람들이 왕래했을 것이다. 밑에서 올려다보아도 매끄러운 모습이고 위로 걸어보아도 반듯하고 탄탄하다. 두툼하지도 않고 날렵한 기운이 스며있다. 한 장으로서 다리의 역할을 충분히 지탱하고 있다. 한 장이란 말로 표현하는 자체가 가볍게 들릴지 모르지만, 죽주산성의 돌다리는 날렵하다. 겉모습과 달리 본래 지니는 기능을 완수한 완벽한 돌다리이었다. 1m 이상의 간격을 한 장의 돌로 올려놓은 것은 정말로 놀랄 일이다. 넓적

한 돌다리는 견고함과 인내의 한계를 지니고 있는 역사적인 시대의 산물임에 틀림없다.

봄이 시작되면서 찾은 죽주 산성이었다. 돌 틈을 비집고 올라온 봄 나물과 길옆으로 흙을 밟고 가는 재미도 좋았다. 우리는 삭정이 나뭇가지를 구해서 땅을 파며 냉이를 캐고 어린 쑥의 싹을 조심스럽게 뜯었다. 언제나 봄이면 돋는 나물들을 보며 그냥 지나쳐 가지 못하는 내 마음을 한 번도 잘못되었다고 생각지 않았다. 그런데 어느 날인가 어떤 시인의 이야기를 통해서 감성의 무딤을 직감했다. 있는 그대로 보는 것은 사물의 이름을 외우는 것이고, 이용가치를 통해서 보는 것은 욕심이라고 했다. 적어도 문학인이라면 어린 싹이 겨울을 나고 봄이 되어 무엇을 하려고 세상 구경을 나왔는지 두고두고 볼 수 있어야 한다고 했다. 발명가가 아닌 발견자가 되어 남이 볼 수 없는 또 다른 그 무엇을 보는 눈을 갖는 것이 정당한 문학인의 마음가짐일 것이다. 이것이야말로 죽주산성의 돌다리처럼 하나의 가치를 안고 버티는 일일 것이다.

죽주산성의 돌다리를 생각하며 현재의 나를 돌아본다. 어떠한 모습으로 하나의 가치를 지니고 있는지 나에게 묻고 있다. 현재 아들과 함께 살고 있다. 지인들의 극구 만류에도 불구하고 아들네 살림을 도와주며 시어미 아닌 가정부가 되었다. 뼛골이 부서지게 살아낸 내 삶의 주방구석을 벗어나지 못하고 아들네 주방을 지키는 돌다리가 되고자 했다. 아무리 잘 하던 일이라도 장소가 바뀌면 업무파악이 서툴기 마련이다. 이골 난 주방생활이지만 내 집이 아니고 아들네 집이다. 주방 기기와 갖추어진 양념들이라든가, 비치된 물품들이며 아들 내외와 아이들의 식성도 파악해야 한다. 또한 일의 분담도 의논해야 하고 집안이 돌아가는 일도 대충은 알고 있어야 하는 가정부다. 그래야 돌다리이든 나무다리이든 그 가치를 판단하고 축성해야 옳을 것 같았다.

내가 선택한 일에 책임을 지는 것이 어른으로서 감당할 일이었다. 홀로 생각하고 행동하고 마음대로 하던 나름의 짓들이 누가 뭐라 하지 않아도 제지를 받는 기분이었다. 눈치라는 말이 떠올랐다. 당당하던 내가 갑자기 눈치 앞에서 주눅이 드는 기분은 비겁하고 아니꼽기도 했다. 후회라기보다는 한 번은 거쳐 가야 할 관문처럼 생각했다. 그리고는 내 답답함을 들어줄 사람이 필요했다. 아무런 말을 내뱉듯이 지껄여도 밖으로 나가지 않고 내 입안에 있을 수 있는 그런 사람은 나밖에 없다는 것을 아들과 살아가며 느끼게 했다. 두드려도 둔탁한 소리로 존재의 의미만을 안겨주는 돌다리가 되어야 했다. 울 밖으로 새어나가지 않는 소리, 가슴에 꼭꼭 잠긴 나만의 소리를 소화시키고 입밖으로 나오지 말아야 할 돌의 둔탁한 소리가 필요했다. 그런 돌다리의 소리를 추구하며 꾹꾹 나를 다스려 나갔다.

말없이 시간이 흐르고 일과 환경에 익숙해질 무렵 귀와 입이 자유로워짐을 느꼈다. 아들과 며느리는 별말 없이 저희들의 일상에 충실했고, 아이들 돌보는 일에 힘겨움을 고맙게 여겼다. 내가 만약 글쓰기를 우선에 두지 않았다면 힘겨워 무너졌을지도 모른다. 하루를 돌아보며 힘들고 즐거웠던 일들을 틈틈이 정리하고, 아이들의 웃음소리를 노래 삼아 살았던 것이 위로가 되었을 것이다. 죽주산성의 돌다리는 건너다니는 기능으로서의 역할을 오랜 세월 유지해 왔음을 보고 왔다. 한 생을 돌다리처럼 둔탁하지만 소박한 자연의 소리와 함께할 수 있는 것은 문학이라는 끈이었음을 깨닫게 한다. 하소연을 하여도 말없이 받아 주고 밖으로 새어나갈 일 없는 것, 이보다 더 좋은 돌다리는 없다. 편 안하고 쓸모 있는 돌다리로 상생의 가치를 지니고 싶다.

통나무 덕장

가끔 시원한 국물이 그리울 때, 어머니가 끓여주시던 황태국을 생각한다. 다시마와 멸치 육수를 내어 잘 말린 황태를 방망이로 두드려 맑은 국을 끓인다. 팔팔 끓는 국물에 들어간 황태는 자신의 몸을 뜨거움에 돌돌 말면서 사지를 뻗어 기지개를 켜듯이 국물에 자신의 몸을 풀어놓는다. 명태보다 씹을수록 우러나는 그 깊은 맛은 세월을 지고 온 황태의 이력에서 우러남일 것이다. 명태가 황태가 되어 우리에게 다가오기까지 많은 애환을 겪었을 황태의 삶을 따라 가본다.

어부의 손길에 걸려 덕장에서 한 마리의 황태로 만들어지는 경로가 3개월이라 한다. 그 많은 시간을 소요한다는 것을 생각하면 그리 만만한 것은 아니다. 그것들은 덕장에서 두 달 동안의 기온이 영하 10도 이하로 내려가야 하고, 햇살은 물론 가끔은 눈보라가 휘몰아쳐서 덕장을 덮어야 더 좋은 황태를 건조할 수 있다. 그렇게 되기까지 겪어야 하는 명태의 삶이 고달프다. 얼고 녹기를 반복하는 동안 깊게 드리운 상처는 아물어 가며 본래의 삶은 추억의 그림자 뒤로 숨어든다. 안타깝게도 너른 바다를 안고 소요했던 활기찬 그 모습도, 거세게 물살을 헤치며 살려했던 흔적들이 멍울처럼 풍장의 자국으로 남는다. 덕장이 만든 작품으로 황태의 한 삶을 알리는 시간 안에서 그 흔적들만이 덕장을 채우고 있다.

황태가 하나의 상품이 되기까지는 그 어떤 고통도 감내해야 한다. 물론 하루아침에 이루어지는 것은 없다. 많은 전문지식을 갖춘 이들이 수십 번의 공정을 거쳐 생산되는 공산품도, 소비자의 손에 이르기까지는 형언키 힘든 고초가 서려 있기 마련이다. 하물며 바다를 멋대로 돌아다니던 명태가 한 마리의 황태로 탈바꿈하는 데 어찌 시간과 노력이 필요하지 않겠는가. 모양과 맛도 다른 이색적인 깊이로 다가오는 황태의 변모를 강원도 대관령에서 보았다. 제일 추운 날씨에 황태와 함께 언 손발 구르며 만든 작품이다. 어부의 얼이 담긴 풍장의 모습에서 명태의 한 삶이 어우러져 하나의 새로운 이름으로 선보인 작품이다.

한 편의 수필을 쓰기 위해 덕장에 매달린 황태가 되어 몸부림친다. 풍장이 되어가는 시간을 먹고 가르침을 받으며 일구어낸 땀의 결실을 얻고자 하는 것이다. 혹여 그것이 관념을 지나쳐 사실만을 이야기한다 해도 쉬운 것은 아니다. 아무것도 모르고 한 페이지의 책장을 넘겼을 때와, 글쓰기를 해본 다음에 생각에서 오는 차이는 노력하고 숙고한 만큼의 아픔을 안다. 단어 하나, 문장 한 줄, 한 단락을 만들기 위해 부딪쳤을 그 노력을 생각하면 섣불리 주마간산 격으로 책을 읽을 수가 없다. 재미없는 책이라 해도 그 사람의 숨은 땀을 회상하면서 한 자 한 자 짚어가다 보면 뭔가 보이기도 한다. 이렇듯이 그 안에서 농익어 풀어놓은 황태국 맛 같은 어우러짐과 만나는 기쁨이 있다. 아픔을 딛고 추위와 떨며 모든 감각기관마저 말라가는 동안, 멀건 두 눈망울이 불거져 나온 황태의 고통스런 모습과 만날 수도 있다.

우연한 기회에 4월 덕장에서 겨울 추위에 풍장이 되어 버린 황태를 매만지는 사람을 보았다. 그의 손길은 겨우내 떨었던 깊은 상처를 어루만지고 하나의 상품으로 완성시켰다. 서로 부딪치는 소리가 마른 나무토막처럼 어석거린다. 그의 손등도 황태의 등줄기처럼 푸른 정맥이 솟아올라 또 하나의 황태가 손등에서 생겨난 듯하다. 바다 냄새를 맡고 황태가 명태 되어 헤엄쳐 갈 듯이 벌린 잎 사이로 그리움을 안고 있다. 그것들을 바라보며 내 안에는 어떤 것들이 황태처럼 풍장이 되어 그리움에 떨고 있을까. 가슴 밑바닥에 말라버린 감성의 싹이 봄볕에 움을 틔우듯 살아나길 바라는 마음으로 덕장을 둘러본다. 오늘따라 찬바람에 서로 부딪치는 황태의 버걱거리는 울음이 덕장을 채우고 있는 듯하다.

황태로 새롭게 변신하는 일은 어떤 깊은 절망의 통로를 거쳐 일어서는 도약의 표시다. 그만한 인내를 감수함이다. 이루고자하는 일에 혼신의 힘을 쏟는 것은 하나의 완성품을 얻고자 하는 바람으로 이어진다. 그것은 기쁨이 될 수 있고 자신의 생활을 즐기게 한다. 고난의 통로를 거쳐 얻는 보람은 쉽게 무너지지 않는다. 황태의 굳은 몸처럼 단단하다. 혹독한 겨울과 싸운 덕장의 어부와 황태는 고난을 이겨낸 장한 모습이다. 이 앞에서 인간의 무한한 도전을 본다.

겨울 그 숲을 걸으며

새해 들어 찾은 천안의 광덕산이다. 몇 번은 와 본 산이지만 올 때마다 새롭다. 그것은 계절이 다르며 기후가 바뀜으로 환경이 달라질 뿐 아니라, 순간의 느낌이 주는 영향이다. 가슴의 느낌과 몸이 받아들이는 직접적인 원인도 있다. 이처럼 음으로 양으로 우리 앞에 다가서는 자연의 느낌은 그때마다 다르다. 한결같지 않음이 자연이 주는 변화이듯이 어제와 오늘의 느낌도 다르다. 그대로 변함이 없다고 생각하는 나무들이 늘어선 숲 길, 역시 자랐거나 말랐거나 혹은 누군가가 베어갔거나 했을 수도 있을 것이다. 살아 있는 것은 모두 어제와 다름의 집합이다. 알게 모르게 변하여가는 길로 나는 가고 있다. 가고 싶지 않을 때도 있지만 시간은 나를 끌고 목적지로 향하고 있다.

땅 밑이 풀린 미끄러운 길은 봄소식을 안고 마중 나올 듯하다. 겨우내 얼어붙었던 얼음길은 조금씩 풀리어 진흙길이 되었다. 등산화 밑에 달라붙는 흙덩이들이 무겁게 쫓아오는 길이다. 그 동안 많은 길들을 걸었다. 생각 없이 밟고 온 길들도 있었다. 마른땅을 가볍게 걸었던 길들과 후줄근한 빗속으로 칙칙했던 길도 걸었다. 눈보라 속에서 추위에 온몸을 떨었던 길도 걸었는가 하면 예쁜 꽃들이 웃음 짓던 아름다운 봄 길도 지나왔다. 살얼음판을 걷듯이 초조한 마음으로 다음 길을 생각할 수 없었던 적도 있었다. 계곡과 암벽으로 뒤덮인 산길에서 어찌할 바 몰라 두려움에 떨며 기어오르기도 했다. 발이 미끄러워 한 발을 다시 뗄 수 없었던 그 암담함을 생각하면, 오늘의 진흙길은 양반이다. 툭툭 털면서 올려다본 하늘이 떨어지지 않으려는 진흙과 맞물리어 희뿌옇게 나를 바라본다.

수많은 길들이 따라오는 천안의 광덕산 진흙길에서, 살아오면서 힘들게 걸었던 길들이 부스스 몸을 추스르며 일어선다. 아마도 이때다 싶은 모양이다. 아이들 기를 땐 언제 저 아이들이 자라 내 걱정을 덜어줄까? 하던 길은 봄 섶 한구석에 새싹을 키우는 길이었을 것이다. 힘은 들어도 오르막은 희망과 기대가 고물고물 하루가 다르게 자라고 있었으니까. 매일 바라봐도 그 싹은 예쁘고 귀여웠고 사랑스런 생명이었다. 사뭇 대견한 마음으로 밤낮을 가리지 않았던 시간들이 키워낸 꿈나무들이었다. 세상에서 이 길만큼 행복했던 길을 걸었던 순간은 없었으리라. 내게 있는 모든 것을 주고 싶었던 나무들이다. 주고 싶고 보듬고 싶었지만 가진 것이 너무 없어 안타까웠던 시절의 길이다. 힘은 들었으나 지켜보는 것으로 행복한 길이었다.

걸어온 길들 위에서 그래도 한숨을 돌리며 대견했던 일이 있다. 그 길은 계곡과 암벽은 물론 기후적인 영향으로 인해 눈보라마저 뒤덮인 골짜기였다. 힘과 용기만으로 그 길을 넘을 수가 없었다. 지혜도 있어야 했고 노력도 필요했지만, 강인한 의지력이 더욱 요구되는 길이었다. 그 길에서 지나 온 삶의 길을 떠올리면서 오열하지 않을 수 없었다. 순간 무균실에서 한 달의 치료를 마치고 하얘진 얼굴로 세상 구경을 나왔던 남편의 얼굴이 스크린처럼 지나갔다. 입원하기 전에 수술 도중 그 어떤 사고에도 책임을 진다는 각서를 쓰는 내 손은 떨리고 있었다. 그렇게 남편은 목숨을 담보로 조형모세포이식(골수이식) 수술을 했다. 무균실에서 전해지는 소식은 그가 힘듦을 말하고 있었다. 무사히 세포이식이 침착되기만을 기도했다. 그렇게 힘든 병원생활을 하고 밝은 얼굴로 장승처럼 우뚝 내 앞에 서 있었을 때, 그처럼 대단하고 훌륭했던 사람은 없었다. 산길과 내가 걸어온 길이 맞물리면서 오늘의 진흙길 위에서 그날의 어두웠던 한쪽 길을 떠올려 봤다. 한줄기 서늘한 바람이 목덜미를 스쳐간다.

광덕산을 오르면서 사계절을 만나고 있다. 날씨가 풀리면서 길 밑에 얼음이 풀리어 졸졸 실개울이 흘러간다. 그 개울물을 보노라니 진흙덩이 밑을 흐르는 액체가 어찌 그리 맑을 수가 있을까. 완연한 봄기운이다. 어쩌면 마른가지 끝으로 살짝 머리를 내밀 봄의 행복한 웃음이 숨어 있을 듯하다. 아직은 겨울이고 입춘도 지나지 않았지만 하늘은 우리에게 봄물 흐르는 모습으로 희망과 삶의 새로운 이정표를 알려주고 있는 것 같다. 어디선가 '조심해!'하고 말하는 소리가 나지막이 들리는 진흙길이다.

진흙덩어리를 달고 다녀서인지 발이 몹시 무거움과 동시에 온몸으로 여름이 찾아왔다. 하나씩 벗겨지는 웃옷들, 이마에 맺히는 땀방울이 얼굴을 타고 흘러내린다. 춥다고 입구에서 썼던 털모자도 벗어버리고 잠시 나목을 잡고 서 있다. 겨울바람이 순간 더위를 몰고 간다. 시원하다는 느낌이 가을바람처럼 이마의 땀을 식히고 있다. 발아래 깔린 낙엽이 누렇게 삭아진 늦가을 풍경이다. 물론 나무는 앙상하지만 땀 흘린 보답으로 받은 신의 보시인 것 같다. 마음과 몸으로 느끼는 사계가 광덕산 자락을 메우고 있다. 힘들여 산에서 만난 자연은 나에게 갖가지 은혜를 베풀고 있었다.

색깔 없는 하늘빛이 오늘의 일정을 말하고 있다. 답답함을 느낀다.

날씨가 푸근해지면서 산안개가 내린다. 춥지 않아 걷기엔 좋다. 그러나 하늘빛이 예상할 수 없다. 위로 올라갈수록 바람이 차가워지고 길은 미끄러워진다. 진흙으로 엉망이 된 등산화에 아이젠을 채운다. 예상했던 대로 바람이 사납게 겨울을 몰고 온다. 옷깃을 여미고 털모자를 덮어쓰고 조심스럽게 하산길로 향한다. 오늘 같은 겨울 산행은 할 만하다고 했던 오르막보다, 내리막은 맛 좀 보라는 듯 된 바람과 다리를 떨게 하는 얼음판에서 몸을 움츠린다. 세상살이 무난하지 않음을 산길에서 만난다.

사계절의 맛을 느끼며 걸었던 광덕산에서 고달팠던 옛날이 내 다리를 잡아끌었다. 힘은 들었지만 이런 겨울 숲에서 우연하게도 그를 내 안에서 만날 수 있었음에 감사했다. 평화로웠던 일상에서 언제나 힘을 실어주었고 사는 방법을 알게 해주었다. 류시화의 시처럼 '물처럼 하늘처럼 내 깊은 곳 흘러서/ 은밀한 내 꿈과 만나는 이여/ 그대가 곁에 있어도/ 나는 그대가 그립다' 입속으로 중얼거리며 진흙덩이를 툭툭 털며 내려왔다. 조금은 흙덩이 속에서 '조심해' 그의 소리가 진득하니 붙어있기라도 한 것처럼 조심스럽게 발을 디딘다. 또 길은 걸어야 하니까.

김주현

연두빛 창가엔
아스라이 추억만 남아 있다
어제와 같은 하루해가
오늘도 기울어 가고 있다

시 _____

충남 예산 출생. 『문파문학』시 부분 신인상 당선 등단.
동남 문학회. 문파문인 협회 회원.
공저 : 「문파문학 시선집」, 「달팽이의 하루」 외 다수
Email : ssaram59@hanmail.net

그리움

산에 오르고
산을 올라도
그리움 묻어버릴
망각의 숲은 보이지 않는다

붉은 상처 떼어버리려
힘을 주며 걸어도
부서져 버린 어둠 밟아도
상념은 푸르디푸르다

우리네 만남과 이별처럼
잊는다는 게
잊어버린다는 게
뜻대로 안됨을 배운다

온종일 바람 서글프게 울어댄다

그대 떠난 빈자리

걸음 걸음 발자국
마음속 안개비 서글프다

추억마저 할퀴고 간
노을진 칠보산 자락엔
그리움 가득 밝힌다

납골당 백자 항아리 속 홀로 남아
외로이 침묵하는 그녀

못다한 이야기
한소절
한소절
노을 속 전해다오

벚꽃

만개한 벚꽃
농익은 봄날의 환희
온동네 웃음꽃 피었다

한잎 두잎
꽃비 만들며
방실 방실 웃음 던진다

봄비인 듯 조용히
가슴에 스며든다

달콤한 꽃바람
텅 빈 주머니 가득 담아
그리운 님 마중간다

빨간 나비 -딸

살풀이 나비
날개 돋기 기다린 십여 년

등터진 아픔 견딘 나비
나풀 나풀 내 곁으로 날아왔다

아장 아장 걸음마 연습
수없이 넘어진 무릎에도
어미 가슴에도
빨간 나비 앉았다

나비 날아가던 날
봄 햇살 닮은 웃음
하늘을
뱅글뱅글 맴돈다

비의 기억

강한 빗줄기
추억의 물보라로
가슴을 적신다

뜨거운 가슴
식히느라
빗속을 미친듯
걷던 그날

담벼락에
기대어
남몰래
가슴 적시던 그날

비의 추억
마음 속에서
춤을 춘다

장미 한 송이

된서리 하얗게 내리던 날
담장 아래 빨간 장미 한송이
방긋 웃는다

어엿한 꽃이거늘
눈물 핑 돈다
활짝 피었다
가고픈 마음인 걸

세파에 흔들린 마음
마디마디 한기로 다가온다

산하는 겨울을 춤춘다

제주 올레길

모래알 헤는 마음으로
올레길 돌아
잃어버린 시간 찾아나선다

수평선 끝에 매달린 작은 배
추억 찾아
어디로 가는 걸까

넘실대며 밀려드는 파도
한 치의 망설임 없이
지난 추억 깨끗이
지우고 가버린다

우리의 옛 추억
망각의 늪에 빠져
백사장 추억으로 묻어놓는다

임종순

붉은 낙엽 뒤에
내 마음을…

경북 안동 출생, 『문파문학』 신인상 시부문 당선, 동남문학회 회원
공저 : 「뉘요?」 외 다수

정초의 어느 하루

고즈넉한 광교산 자락
인파의 자취 다 어디에 숨고
휑한 나목 사이로 은 나래 난무하는 한나절

풍경화 걸지 않아도 좋은 창가
원탁에 네 마음 붙어 앉아
해물파전에 술잔 기울인다

앞가슴의 옷깃 꺼내 놓고
세상도 술잔 안에서 돌린다
설화 춤사위 꼬리 끌며 날고
정초 소망 나래를 편다

출렁이는 파고 꿈틀거려도
폭소 한바탕에
고뇌덩이 녹인다

한잔의 여유
한 웅큼의 사유
내안의 *바로미터로 온다

---

*사물의 수준이나 상태를 평가하는 기준

세계는 한 가족

거실 작은 집엔
낯선 얼굴들
세계가 한 지붕 아래
저마다 조국 앞세운 대표들이다

공항 터미널에서
눈 맞춘 그들
리큐르, 럼, 와인, 위스키, 꼬냑
기세도 외양도
자존이 하늘이다

루이14세, 나폴레옹, 발렌타인
헤네시, 시바스 리갈
품격 달라도 수평에 앉아
위용 과시하던 영웅도 친구다

썰렁하던 어색한 한 가족
세월 넓은 가슴에 쓸어안고
보디랭귀지로
고개 끄덕이는 사이다

가슴속 비워 안는 속 깊은 배려
세월 사이에 스며든 정
눈 맞추며 하루를 연다
세계는 한 지붕 한 가족이다

동백정

깨어나지 않은 봄의 숨결
바람이 물어 와 뿌려주는 소문
마량리 동백나무 숲 속
동백꽃 주꾸미 찰떡 궁합이라네

카풀로 한걸음에 내달은 마량리
멋과 맛의 축제
붉은 아씨 수줍게 얼굴 내밀고
정념의 자태로
날 보러 오라 하네

동백 군락 멋 자랑에
주꾸미 맛 자랑에
꽃잎도 살포시 무릎에 앉아
함께 건배를 든다

앞섬 꽃 지도
숨 막히듯 아름다운 낙조
그 품에 취해
석양의 불덩이 가슴에 지폈다

아야와 앗싸

출사 가는 날
옆자리 지인의 푸념
흔들리는 세월 무게에
헐거워지는 나사 조이기에 바쁘다
달콤한 속삭임 희미한 그림자로 숨고
아야가 자리를 편다
일어서며 아야
앉으며 아야
혼자 들어도 지겹다

우연히 만난 이방인 친구
앗싸 다
일어서며 앗싸
앉으며 앗싸
하는 이도 듣는 이도
기氣가 솟고 미소가 핀다
빛 담아 목에 걸고
기氣를 부르는 메아리
가슴에 물수제비로 앉는다

때론 사람이 그립다

폰뱅킹 안내양의 멘트
"텔레뱅킹 비밀 번호를
눌러 주십시오"
보안카드 번호도
통장 비밀번호도 아닌,
멍하다
따라가다 길 잃고 섰다
물을 곳이 없어
벙어리 냉가슴이다

가전제품 멈춰서도
ARS 두려워
자녀가 안테나인데
핀잔부터 주기 시작 한다
친절한 사람이 그립다

사람이 사라진다
공포 영화 제목 같은
실제 상황이다
은행 입출금기에

얼굴 없는 명령에 고분고분하다
그는 제 말만 하고
질문 받지 않고 냉정하다

때론 사람이 그립다

얼룩 소

변두리 후미진 마을
땅거미 엎드려진 산기슭에
얼룩 소 한 마리
거름더미 옆에서
화를 토하며 구시렁거린다

달빛 그늘 아래 홀로 앉아
어둠의 장막 찢어 올리며
하늘 향해 뭔가
씹고 있다

무인도의 외로움인가
할퀴어진 아픔인가
고개 숙인 서러움인가

애써 되새기며
기도문처럼 자신을 다스리는
최면을 걸고 있다

억새의 노래

석양 지고 올라선 성곽
만발한 하얀 꽃 능선
허리 숙여 온몸 던져 반긴다

바람결 새 새 걸터앉아
구애하는 눈길 맞춰
퍼덕거리며 수다를 떤다

붉은 한줄기 빛
이불처럼 펼치니
발그레 피어오른 홍조에
솜털 같은 은빛 살결에
뜨겁게 스킨쉽 한다

그 찰나 놓칠세라
몰래 엿보다
만끽하는 그림 훔치느라
빛 무리 번쩍인다

꺾일 듯 가녀린 몸매

어우러진 춤사위 한마당

시 한 수 적어

풍경 위에 얹는다

김영화

풀벌레 표정을 통역하기 위해
가풀막을 한 발짝씩 오르며 숨이 차는 게
행복하다.

시 ─────────────────────

경북 예천 출생, 『문파문학』 시부문 신인상 당선 등단, 중앙대학교예술대학원 전문가과정 문창작과 수업,
동남문학회 회원, 문파문인협회 회원

맑은 섬

경남 거제시 일운면 지심도
물살 가르는 여객선
수많은 이야기
무위자연 품에
통통대고 뿌린다

이슬 젖은 오솔길 양쪽
해풍이 핥은 결 고운 동백나무
허리 굵직한 곰솔, 후박나무
이마 맞대어 그늘 지어주고
드는 사람마다
제각각 헤아려
새소리, 철썩이는 파도소리
대나무 숲에 이는 바람소리

닫힌 신산했던 마음
미증유 향으로 품어주어
발걸음 무중력으로
선착장 향한다

마음 달래주는 여신

지심도只心島에 있다

피에타 --파도

덮치고 휘감기며

너울대는 자맥질로

심연의 울림

해무로 퍼 올리는

한평생

떠나지 못하고

등줄기까지 물려

위 쳐다볼 일 없어

백발 갈기 굽은 등

굽이굽이 지나

무리에서 포락浦落되어

점점이 부서진

파도 실핏줄

숨찬 끝

놓을 줄 모른다

통영

거가대교 아래
리아스식 해안 변
하얀 물꽃 피고 지고
찰방찰방 담소
세상 소식 끌어안고
구름 속 날아올라

구름 꽃 바다 꽃
한계 없이
멀리 아득한 뱃고동 소리
청마와 정운
애끓는 절규 꽃
맥박 요동치며
피고 지고

마음 열어두고

보리스 파스테르나크의 소설 원작
영화 '닥터 지바고'를 보고

빨치산 탈출한 종군의사
턱수염에 고드름 길게 달고
설원 비척이며 찾아간 라라 집
1층 내벽 벽돌 한 장 제쳐
고스란히 자리한 열쇠 꺼내들고
아내 아닌 마음에 치 닿을수록
초조하고 불안한 시인 지바고
뜨거운 심장 태운 눈물
겹겹이 엉기어
눈비에도 변색되지 않는
유리창 아름다운 성에처럼
하얗게 피어난 그리움 안고
침묵의 영혼으로 향하는
쓸쓸한 시인

가슴 벽돌 한켠에 열쇠 숨겨두고
헤치고 저벅이며 들어올

누군가를 위해

두근거리는 맘이고 싶다

해신의 후회

거드름 피우며 배를 쓰다듬는
기름진 실핏줄도 황금인
미다스 왕을 닮은
어둠의 군사가 질주하여
마침내 세월까지 삼켜버렸다
토막 난 천륜에 찢어지는 파도
쉼 없이 쳐대며 울부짖고
저린 가슴 황토 눈물
너울대며 해와 달에게 하소연한다
이 세상 끝에서
저쪽을 거부하며 죽을 힘을 다했을
동강 난 영혼이 지나는 길목은
생각한 적 없다고
그렇게 몇 날 며칠 잿빛 몸부림이었다
부모의 절절한 통곡에
어딘가 슬쩍 비껴 숨어
배를 두드리며 아직도 흐흐대는지
손 닿는 것마다 황금으로 변해
딸까지 황금으로 변하고서야
늦게나마 후회한 미다스 왕을 아는지

2014년 봄은 미라 꽃망울 위로
복받친 비 그칠 줄 모른다.

서호천 외톨이

스콜 지난
말쑥한 비탈 둑길
억새 무리에 뒤질세라
나란해진 키
소리쟁이 목 빼고
힘껏 딛고 섰다

속에 품고 있는 꽃이
다름을 알고
억새보다 더 억새같이
억세게 살지만
자꾸 숙여지는 꽃대 얼굴
점점 달랐다

저 아래쪽 건너
엉키어 소리치며
보듬는 소리쟁이 군락
바라보는 눈에
뿌옇게 안개 서린다

번개

비바람 치는 창문

닫으러 다가가

12층 아래 내려다보니

아파트 화단

나뭇가지마다

허리까지 숙여

엎치락뒤치락

그대로 기대서서

지켜보는데

분명 보이지 않았는데

눈 깜박일 때마다

안토시아닌 빗줄기

꺾어 투사했는지

멀리 마음 둔 곳

달려가는 개처럼

순식간

유기된 그리움까지

빨갛게 홍역이다

남정연

나는 늘 자유를 꿈꾼다.
어딘가에 구속되지 않는 유토피아.
영혼과 생각이 새처럼 훨훨 날 수 있기를…

전남 순천 출생
문파문학 수필부문 신인상 당선 등단.
동남문학회 회원, 문파문인협회 회원

눈으로 사랑을 말해요

흔히 눈은 마음의 창, 또는 거울이라 일컫는다. 사람의 성품과 생각들이 많은 부분 눈에 표현되어지기 때문일 것이다. 우울한 사람은 눈빛이 어둡고 무표정하다. 마음에 악을 품은 사람은 가시 같아 보는 이가 오히려 고통스럽다. 밝고 긍정적인 사람은 늘 환한 눈빛이다. 그러기에 눈은 외모에서 중요한 점유율을 차지한다. 눈이 예쁜 사람은 바라보기에도 좋을 뿐 아니라 분명 성품도 선할 것이라는 판단까지 하게 된다. 따스한 눈빛을 가진 사람과 마주 보며 이야기를 하는 것은 즐겁고 행복한 일이다. 맑고 따뜻한 눈빛으로 가꿀 필요가 있는 이유다.

산행을 하다 보면 모자는 기본이고 선글라스와 마스크로 온 얼굴을 가려 도무지 모습을 가늠할 수 없는 사람을 종종 본다. 자외선과 미세먼지로부터 보호하려는 의도를 알지만, 동행이 있을 경우 옆 사람과 대화는 잘 될까 싶은 오지랖 넓은 생각을 한다. 며칠 전 지인이 딱 그랬다. 스키장에서 사용할 법한 고글을 끼고 모자와 마스크를 착용하니 눈빛과 표정이 보이지 않아 내 쪽에선 상당히 답답함을 느꼈다. 그의 표정을 읽으려 눈을 마주쳤지만 그때마다 되돌아온 건 아무것도 읽히지 않는 답답함이었다. 차라리 허공중에 이야기를 풀어놓는 것이 더 낫겠다 싶은 생각까지 든다. 몸짓도 중요하지만 서로의 따뜻한 눈빛을 보며 교감하는 것이 좋은 유대관계를 갖는 방법이다.

사랑에 빠진 연인들은 대화할 때 다른 사람과 사물은 존재하지도 않는 양 오직 서로의 눈빛만 바라보며 사랑을 속삭인다. 그 얼마나 부드럽고 따스하고 사랑스러운 눈빛 교감인지 모른다. 그들의 눈에서는 금방이라도 하트가 쏟아질 기세다. 많은 말을 하지 않아도 눈빛 하나로 마음이 전달되고 사랑으로 충만해진다. 상대의 눈이 보이지 않는 고글처럼 차단되거나 반사됨 없이 연인의 투명한 눈을 통해 그들의 마음은 더욱더 따스해질 것이다. 연인 앞에서 두 눈은 한없이 반달 모양이 되고 눈빛은 석양 햇살을 받아 반짝이는 호수처럼 깊고 따스해질 것이다.

아이를 바라보는 어머니의 눈빛은 자애롭기 그지없다. 간혹 야단칠 때 눈에서 레이저 광선이 발사되기도 하지만 대체로 제 자식을 바라보는 어미들의 눈빛은 하얀 봄꽃처럼 황홀하다. 밥을 먹는 것도, 아기처럼 나비잠을 자는 것도, 대·소변을 보는 생리적 활동을 하는 모든 것이 다 사랑스럽기 그지없다. 아이들은 느낄 것이다. 엄마의 든든하고 신뢰 넘치는 눈빛이 세상 그 무엇보다 힘이 된다는 것을. 엄마는 알 것이다. 자식에게 보내는 사랑의 눈빛이 한 점 꾸밈없는 무한의 진실임을. 다정한 눈빛을 통해 건강한 자아와 사회성이 형성되고 나아가 이 사회가 더 따뜻한 공동체로 바뀔 수 있다면 너무 비약논리일까?

볕 좋고 바람 좋은 날 고궁에 다녀왔다. 따사로운 봄볕이 좋아 가만히 눈을 감고 걸었다. 아름다운 연못 앞에서는 혼자라지만 더 할 말을 잃었다. 수양 벚꽃이 발처럼 못 위에 길게 드리워지고 못 속에는 굵은 잉어들이 한가로이 헤엄을 친다. 한 쌍의 오리들도 노를 저으며 사랑을 속삭인다. 한 줌의 분주함도 없는 그 평화로운 곳에서 낯선 외국인 한 명을 만났다. 너무나 평온하고 행복한 눈빛이다. 스칠 듯 말 듯 엷은 미소를 띤 그는 먼 이국 땅에서 결코 외롭지 않으며 진정 행복한 봄

날을 만끽하고 있음을 보여줬다. 반사되거나 거절감 없는 진실한 눈빛이다. 그의 충만하고 따스한 눈빛을 본 사람들이라면 덩달아 기분 좋고 행복한 감정을 느꼈을 것이다.

마음의 창이요, 거울인 눈은 사람의 생각과 영혼까지도 그 속에 담겨 있다고 생각한다. 눈빛이 좋은 사람과는 한없이 마주보며 대화를 하고 싶은 반면, 그렇지 않은 사람은 고개를 들어 바라보는 것조차도 힘겨운 일이 될 수 있다. 말 한마디로 천 냥 빚을 갚는다는 속담이 있다. 진실 되고 따스한 눈빛은 천 냥 빚을 갚는 것은 물론이거니와 좋은 사람이기에 항상 곁에 두고 살 것이라 생각한다. 오늘, 지금 당장 내 주변의 사람들에게 환한 눈빛을 보낼 일이다. 꾸밈없는 진실한 눈빛으로 세상이 좀 더 아름다워졌으면 하는 바람이다.

^{수필} 등단식 스케치

가을 햇살이 눈부시다. 노랑 빨강으로 막 물들어 가는 길가의 은행나무와 공원의 느티나무들이 자꾸만 내 작은 가슴에서 방망이질을 한다. 그들 위로 파랗게 펼쳐진 가을 하늘은 흰 구름 조각배 타고 함께 여행 가자며 손짓 한다. 하늘 향해 한 줌 햇살을 받으며 나는 그렇게 길에 선 채 두 눈을 꼭 감아본다. 더없이 상쾌한 공기, 탄산수보다 더 톡 쏘는 듯한 청량한 대기를 맘껏 마시고 느낄 수 있는 이 가을이 나는 너무나 사랑스럽다. 가슴 뛰는 아름다운 가을날 문인으로서 막 걸음마를 내딛는 등단식을 치렀다.

늘 햇병아리 같은 내게 교수님은 등단을 권하셨다. '등단' 얘기가 나오면서부터 예민하기 그지없는 난 편두통이 끊이질 않았고 급기야 어느 날엔 장이 꼬여 새벽녘 응급실 신세까지 졌다. 하나하나 메모해 가며 준비하면 큰 무리 없이 진행되어질 일인데 많은 생각과 염려가 미리부터 몸을 지치게 만든다. 시간이 지나면 모든 것이 해결될 테니 아무 걱정 말라는 누군가의 말도 위로로 다가오지 않는다. 가을볕을 느끼며 공원에 앉아, 성긴 마음을 다독여주는 숲을 거닐며 실타래처럼 얽힌 생각들을 정리한다. 나약하기도 하며 강하기도 한 것이 인간(나)임을 절감한다. 부족한 사람이기에 치를 일에 지레 겁을 먹고, 또 그 부족하고 연약함을 알기에 기도하는 마음으로 준비한다.

너무나 선명하고 황홀한 날씨다. 호수에서 불어오는 바람에도 가을 내음이 흠뻑 담겨 있다. 그동안 마음 쓰고 애타 하던 것을 하늘이 알아주는 듯해 더없이 감사한 날이다. 식당 한켠에 마련된 행사장은 문우 식구들과 개인적으로 초대한 손님들로 자리를 가득 메웠다. 오가는 축하인사와 덕담과 웃음들이 서늘한 식당을 화기애애한 온기로 가득 채운다. 건네받은 화분과 꽃다발들이 제 자리를 찾아가 화려하게 장식한다. 수수한 보랏빛 소국도 화려함 속에서 더욱 격조를 높여준다. 오늘만큼은 내가 주인공이지만 남의 옷 빌려 입은 듯 어색하고 민망해했던 생각들을 날려버리기에 충분한 풍경이다.

더 높이 날기를 응원하고 축복하는 격려사를 통해 감히 비전을 꿈꾼다. 허황된 꿈이 아닌 부단한 노력을 통해 가능성을 제시한 스승의 말씀은 가슴 저 밑바닥에 화인火印으로 찍어 잘 간직한다. 본디 인간은 꿈꾸는 동물이라 하지 않았던가. 꿈을 꾸고 이뤄나가는 일련의 과정이 매슬로우가 말한 욕구 5단계의 최상위층인 '자아실현욕구'의 삶이다. 조금씩 천천히 조급해하지 않고, 다만 의심하지 않으며 그 삶을 지향할 것이다. 그동안 발표된 나의 글들을 하나하나 읽어보고 축시를 썼다는 선배 시인의 말씀에 눈물이 난다. 난 누군가를 위해 그리 정성을 들인 적이 있었던가. 문우회원들의 한 사람 한 사람을 떠올리며 캐리커처한 번외의 축시 또한 모두에게 웃음과 감동을 줬다. 때에 맞게 잔잔하게 내보내주는 음악은 바람이 부는 가을 날 오후 사뿐히 흩날리는 낙엽처럼 분위기를 절정에 이르게 한다.

품격 있는 순서고 진행이다. 엄숙하기도, 감동받아 눈물 나기도, 재치에 웃음이 끊이지 않는, 나는 마치 결혼식장의 신부가 되어 앉아 있는 기분이다. 사랑받는 사람으로서 감사의 눈물이 흐른다. 더 열심히 노력하라는 선배들의 몸짓이다. 이러저런 선물로 삶의 방식과 예의를 알려준 고마운 마음들. 그 마음들을 통해 나는 한층 더 성숙해질 것이다.

오랜 시간 알을 품고 있는 어미닭은 기적을 느끼면 병아리가 좀 더 쉽고 안전하게 나올 수 있도록 부리로 알을 콕콕 쪼아준다. 많은 분들의 도움과 격려로 새로이 출발점에 선 나는 햇병아리 같은 걸음마를 지나 어미닭의 위엄을 지녀야 할 때도 올 것이다. 마침내 어느 날엔 어미닭이 상상할 수 없는 매가 되어 넓은 하늘을 마음껏 날기를 꿈꾼다. 그것이 비록 꿈에 멈춘다 할지라도 꿈꾸는 자는 행복하기에 나는 늘 젊을 것이며 가슴이 뜨거울 것이다. 따뜻한 봄에만 병아리가 부화되는 것은 아니었다.

^{수필} 숨구멍

　오랜만에 비춰지는 햇살이 님의 얼굴 보는 것만큼이나 반갑고 따사롭다. 이틀 내내 가을비가 내렸다. 쉼 없이 계속 내렸다. 비는 스산함을 잔뜩 몰고 와 나를 동굴 속에 가둬놓고 밖으로 나오지 말라는 듯 진을 치고 있었다. 마른 낙엽을 촉촉한 눈물로 배웅하듯 쓸쓸하게 내렸다. 딱히 할 일도 없었지만 외출거리를 일부러 만들지 않았다. 간만에 주어진 공식적 게으름 피우기 시간 같아 기꺼이 그 시간을 즐겼다. 대기 중의 모든 산소를 들이마시듯 한껏 몸을 부풀린다. 그리곤 풍선의 바람이 조금씩 빠져나가듯 천천히 숨을 내뱉으며 움츠린다. 막혀 있는 세포 하나하나가 숨구멍을 통해 기지개를 편다.

　오늘 아침엔 눈 뜨기 전부터 창을 통해 들어오는 햇살이 온몸으로 파고든다. 기분 좋은 따스함이다. 마음 밭에 뿌려진 따뜻한 금빛 가루는 금세 기쁨과 행복을 충전한다. 베란다로 나가 창을 열고 하늘을 올려다본다. 비 온 뒤라 그런지 10월의 하늘은 더없이 푸르고 말갛다. 베란다에 널린 빨래들이 해의 반짝임을 통해, 불어오는 바람에 화답하듯 하늘하늘 춤추며 말라가는 것을 보는 일은 행복하다. 여자로서, 주부로서 잘 건조된 빨래를 개키는 것은 콧노래 나올 만큼 기분 좋은 일이다. 그렇게 작은 베란다는 내게 없어서는 안 될 소중한 장소가 됐다.

　잘 사용하지 않는 물건들을 적당히 숨겨주고, 젖은 빨래들이 꼬들꼬들 말라가고, 늦은 밤 향초 하나 밝혀 둔 채 혼자 와인을 마실 수 있는 소박하지만 호사를 누릴 수 있는 나만의 장소이다. 와인을 곁들이지 않아도 베란다 마루에 앉아 밤 풍경을 바라보는 것 자체가 내겐 숨 구멍인 것이다. 그리 대단할 것 없는 야경이지만 낮과는 사뭇 다른 모습에 시간이 가는 줄도 모르게 한참을 앉아 있곤 한다. 라벤더 향을 풍기며 타들어가는 보랏빛 향초는 가뭇없이 나의 친구가 되어준다. 느슨해진 생각과 마음에 여러 얼굴들이 찾아온다. 가슴 아린 얼굴이 찾아들 땐 밤이 깊도록 앉아 있곤 한다. 그곳은 나를 무장해제 하게 하는 신비롭고 그래서 숨이 트이는 공간이다.

아이는 집 안 어느 곳에 자기만의 공간이 있어야 하는 필요성에 대한 글을 읽은 적 있다. 늘 열려진 공간 속에서 생활하는 아이들은 자기만의 생각할 시간이 없고 결국은 산만해져서 친구들과도 다툼이 잦았다. 대형 종이 박스를 하나씩 주고선 그 안에 들어가게 했더니 놀랍게도 아이들은 그 안에서 자기가 하고 싶은 일을 하며 행복해 하더란다. 정서적으로 충족이 된 아이들은 이웃 친구들에게 자신의 박스 집을 소개하고, 연결 연결해서 하나의 마을을 만들었다. '나의 공간'이 주는 영향력과 또한 필요성을 알려주는 글이었다.

이제 조금씩 사춘기가 시작되는 큰아이는 이유 없이 화가 나거나 반항심이 생길 때 제 방문을 쾅 닫고는 들어가 잠가 버린다. 쾅 닫히는 문소리에 내 심장은 쿵 내려앉는다. 참을 인자를 마음에 새기며 애써 기다릴 즈음 아이의 방문이 열린다. 머쓱한 얼굴로 나타난 아이는 이내 아무 일 없었다는 듯 엄마에게 말을 건다. 방에 들어가 무슨 생각을 했는지는 알 수 없다. 물어봐도 제대로 된 대답을 들려줄 리 만무하다. 다만 혼자 마음을 가라앉히고 정리해서 나왔을 아이가 대견하기만 하다. 그리고 그러한 공간이, 숨구멍이 아이에게 주어졌다는 게 그저 감사하고 다행일 뿐이다.

　잠자는 시간을 빼고는 늘 들일에 바쁘고 맘껏 숨 한번 골라보지 못했을 엄마. 엄마의 숨구멍은 어디였을까. 자려고 누웠을 때 이제 오롯이 내 시간이라 말한 그 시간이 엄마의 숨구멍이었을까. 김을 매던 밭이랑 사이, 고추 따다 매운 손길을 잠시 쉬게 하는 고추밭 사이, 그도 아니면 밭가 어느 양지 바른 곳에 앉아 땀을 닦으며 숨을 고르는 흙바닥. 그 곳이 엄마의 숨구멍이었을까. 고단한 현실을 이겨내고자 또는 잊으려 엄마는 그토록 일에 매달렸는지도 모른다. 들로 오가는 모든 길마다, 잠시 앉아 쉬는 공간마다, 눈을 들어 먼 산을 바라보는 그 순간까지 모든 것이 엄마에게 숨구멍이었으면 좋겠다.

　10월의 푸른 바다보다 더, 10월의 푸른 하늘보다 더 빛나고 푸른 젊음으로 살고 싶다. 들숨과 날숨을 통해 호흡이 이루어지듯 많은 사유를 통해 생각을 정화하고 싶다. 바쁜 일상과 혼잡한 세상이다. 그 속에서 나의 가치관을 잃지 않고 유지해 나갈 수 있는 꼬투리 하나쯤 만드는 것은 삶을 매끄럽게 할 것 같다. 자유로이 생각을 산책시키고 마음에게 '좋았다'라고 은밀한 말을 전해 듣는다면 그 자체로 뿌듯하겠다. 그래서 나는 깊어가는 가을 녘 어딘가 나의 숨구멍으로 오늘도 들어간다.

정소영

나의 껍질이 두터워진다
가뭇없이 떠다니는 내가 만든 의미들을
기억도 못하며 욕심내고 있다
남아도는 오후 시간이다

부산출생, 동남문학회 회원

또 다시

어린 것들이 복의 나무 다투어 기어오른다

경계를 넘어버린 것은 신의 아들 처형식의 재목이 되었다
골고다 길가에 세워져 모욕의 시간을 버티고 있다
태양이 슬며시 발을 옮기니 분노의 울음이 쏟아진다

몸이 식어가면서 잎파랑이 되려고 녹아 숨겨진 수치의 색이
드러났다
세상의 온갖 비난의 배설물이 쌓인 떨켜가 숨길을 막는다
상처 자국을 남긴 잎들은 자신의 자리 땅으로 되돌아간다

볼품없이 뼈만 남았지만 뿌리는 땅을 넓혀 면역력을 키운다
부끄러운 팔들은 서로 얽혀 기대어 허공을 살아간다
다시 오른 잎들은 굽은 팔에 이리저리 황금열매를 묶는다

안개가 눈 뜨다

어머니 계시는 맹골 마을에서 눈을 떴다
밤새 물기로 푹 절은 퉁퉁 부푼
공기가 동공 틈으로 쑤욱 밀려왔다

어머니는 겨울이면 온종일 뿌리는 눈을 향해
잔소리를 쏟아부으며 아들 퇴근 길을 열어놓는다
오늘은 아침 안개를 향해 아들 출근길 열으라고 성화시다

어머니 호통에 안개가 눈을 살짝 떴다 감았다
앞마당에 망초대 말리던 넙적바위가 부시시 게으름을 부린다
나이도 잊은 개가 질뚝이며 열린 현관 틈으로 순식간에 사라진다

뒤쫓으며 나가시는 어머니의 발에 차인 새순 잘려나간 소나무가 비
명을 지른다
바늘잎들이 하나씩 하늘을 두른 살을 찌르니 붉은 피가 새어 나온다
마르지 않은 옷을 밤새 입고 있던 담벼락이 성큼 얼굴을 드민다
아랫집의 청기와도 하품을 하고 비탈위에 켜처럼 쌓인 집들도 찔끔
거린다

이웃 할매들에게 흠씬 두들겨맞아 검은 열매 털린 키 큰 뽕나무 고

개를 비틀고 있다

　길고양이와 밥을 나누던 덩치 큰 개의 빈 밥그릇만 그 옆을 지키고 있다

　느릅나무 우듬지를 지나 푸른 냄새를 담은 바람이 앞산을 성큼 데려온다

　맹골다리 위를 마을버스가 신나게 달리기 시작한다

　안개도 깨우시는 어머니의 아침은 자꾸 빨라지고 있다

낮달

나무에 박혔던 얼음의 앓는 소리가
사막 끝을 찾느라 지친 뿌리를 깨워
겨울 척박한 과수원을 촉촉히 적신다

마른 복숭아나무 가지 위에선
이름 모를 새가 둥지를 틀고
복숭아벌레로 새끼들을 키워냈다

빈 둥지의 남은 온기로 옅어진 먹구름
그 사이로 들어온 햇빛에 녹은
얼음자리는 꽃자리가 된다

소년들이 불쑥 내민 손에서 쏟아진
반딧불에 놀란 과수원집 딸들 손에서는
복사꽃들이 수줍은 은하수가 된다

머리 위 태양이 빈 꽃자리에 매달은
마주한 하이얀 낮달 안에서는
소녀들의 설레임이 붉게 익어간다

밤이 오면 복숭아 빛이 붉은 전등처럼

과수원을 훤히 밝히고

서리하러 온 소년들과 딸들의 발길이 둥실댄다

어느 좋은 밤

밤이 되면 마음이 설렌다. 어둠과 함께 지구 밖의 손님이 하나둘 찾아오기 시작한다. 달달했던 첫사랑의 떨림이 온몸으로 전해온다. 어둠이 내리고 호흡이 깊어진다. 언제나 자신의 자리를 지키고 있는 별들을 볼 수 있는 밤이 나는 좋다. 별을 보고 있을 때는 그곳이 어디든 목동과 스테파네트 아가씨가 별 이야기를 나누던 뤼브롱산 기슭에 있는 것 같다. 운석을 찾아 헤매는 사람들에 관한 보도가 연일 계속되는 요즘은 별 그대와의 짜릿했던 첫날 밤이 더욱 생각난다.

76년 만에 다시 지구를 향해 오고있다는 핼리혜성 소식은 나를 요즘 대세인 드라마 '별에서 온 그대'의 천송이가 되게 하고 말았다. 운명의 그대 도민준을 향한 천송이의 열정이 나에게도 터져나왔다. 우주에서 온 그대, 핼리혜성을 내가 직접 마중가야겠다는 생각이 들었다. 뉴스나 잡지 등에서 보는 화려한 사진이 아닌 작고 흐려서 보잘 것 없어도 직접 육안으로 확인하고 싶었다. 거짓이 아닌 진짜를 보며 위로를 받기로 했다. 알퐁스도데가 말한 천국으로 들어가는 영혼인 별똥별들의 고향인 우주에서 1985년 겨울 점점 다가오는 손님을 만날 계획을 세웠다.

우주의 방랑자인 혜성을 만날 핼리혜성 펜클럽을 결성하였다. 사진으로도 기록을 남기기 위해 망원 렌즈, 사진기, 릴리즈, 굴절망원경과 반사 망원경 등을 준비했다. 최적의 관측장소는 남반구로 갈수록 좋았지만 우리에겐 무리였다. 우리나라에서 남쪽이며 고도도 높고 잡광이 없는 장소를 물색했다. 핼리 혜성이 29번째 지구에 다녀간 것이 1910년 5월이었으니 주기 76년을 더하면 1986년 2월경이 지구에 제일 가까이 오기 때문에 그 겨울 달조차 없는 맑은 날을 택했다.

배낭과 망원경을 분해해서 나누어 들고 시외버스를 타고 문경으로 향했다. 승객들이 망원경 경통을 보고 대포냐는 말에 깔깔대며 웃던 생각이 난다. 그 당시 문경에는 문교부장관을 역임하셨던 김옥길 총장님의 별장이 있었다. 그곳에서 하룻밤 폐를 지기로 하였다. 소박한 저녁으로 삶은 달걀과 감자를 대접 받았다. 마침 누님 보러 오신 김동길 선생님과 총장님께서는 여자들끼리 너무 높은 곳까지 가는 것을 만류하셨다. 걱정하시는 선생님을 뒤로하고 오직 핼리혜성과 만날 문경새재 제3문까지 올랐다.

그날 핼리혜성은 태양보다 조금 먼저 뜨지만 뒤따라 올라오는 엄청난 밝은 태양빛에 볼 수 없게 된다. 그 짧은 만남을 놓치지 않기 위해 밤새 추위와 기대감에 떨며 기다렸다. 혜성의 선물인 밤새 내리는 유성을 보며 각자 소원을 빌며 기다렸다. 망원경에 사진기도 부착하여 우주의 시간을 찍어내며 밤을 보냈다. 갑자기 어디선가 불빛들이 보이며 사람들의 웅성임이 들렸다. 놀라서 아래를 보니 극기 훈련차 올라오는 무리였다. 여자들끼리 무섭다는 생각보다는 얼른 이 사람들이 통과해야 혜성과의 만남이 방해받지 않겠다고 생각했다. 모두 성벽으로 망원경과 몸을 숨겼다. 무리 끝의 호기심 많은 취객에게 들켜 실랑이하느라 진땀 났던 해프닝이 벌어졌다.

그 일로 완벽했던 계획에 차질이 생기고 말았다. 망원경으로 핼리혜성의 위치를 제대로 다시 잡기도 전에 밤하늘은 그새 어둠이 서서히 벗겨지며 별들이 빛을 잃기 시작하였다. 갑자기 하늘이 밝아져 만남이 무산될지도 모른다는 생각에 쌍안경으로 미친듯이 하늘을 뒤졌다. 예상보다 작고 어두웠지만 꼬리가 선명한 별을 드디어 찾았다. 가슴골 같은 산 사이로 자신의 품위 있는 멋진 꼬리를 펼치고 있었다. 그 감동의 순간을 우리는 기도하듯 소리없이 지켜보았다. 새끼 손톱만큼 작지만 둥근 머리에 면사포로 얼굴을 가린 새색시가 수줍은 듯 아주 천천히 하늘로 오르고 있었다. 뒤따라 올라올 태양의 힘찬 입김으로 은발의 머리카락을 날리고 있었다. 아름다운 혜성과의 첫날밤은 뒤따라 쫓아온 태양의 강렬한 시샘으로 금방 진주빛의 하늘에 잠기고 말았다. 첫사랑의 환희는 짧았기에 더욱 강렬했다.

그 후로 90년대 중반에 하쿠다께 혜성과 헤일밥 혜성도 육안으로 보는 행운을 얻었다. 밝기도 밝아 도시에서도 볼 수 있었다. 더 많은 사람들에게도 이 멋진 광경을 나누고 싶었다. 우리집 15층 아파트 복도에서 주민과 아이들과도 함께 관측을 했다. 시력이 좋은 아이들은 꼬리가 두 개인 것까지 구별했다. 점점 멀어져 가는 혜성의 모습을 더 보기 위하여 2주일 동안 밤만 되면 베란다에서 이불을 뒤집어 쓰고 지내기도 했다. 요즘은 관측이라는 영역에서 아마추어 천문학자들도 많은 활동을 한다. 누구나 별을 좋아하는 사람들이 모인 천문동호회나 천문대를 이용하면 쉽게 별을 볼 수 있어서 다행이다.

소치 올림픽에서 운석 금메달의 금전적 가치가 화제가 되었다. 때마침 진주에서 네 점의 운석이 발견되면서 운석 사냥꾼이라는 말이 나올 정도로 운석에 관심이 높아졌다. 돌 보기를 황금같이 하라고 최영장군이 다시 말씀하실 듯하다. 1943년 전남 고흥 두원면에 낙하한

두원 운석 이후 71년 만의 운석 낙하 소식이니 우주와 지구의 기원을 밝히고자 하는 과학자들과 국가에게도 운석은 중요한 자료이다. 이런 사회적 분위기가 경제 원리에 의해 땅만 뒤지지 말고 운석의 고향인 우주에도 더 많은 관심을 가질 수 있는 기회가 되기를 소망해본다.

장선희

살며, 사랑하며, 배우며...
레오 버스카글리아의 글을 되새기며
한 발짝 내딛어 봅니다

충남 예산 출생
동남문학회 회원
E mail : jaizim@dreamwiz.com

한풀 죽다

무쇠같이 찾아온 비,
운명 다 잠길 때까지 눈물 흘리고
백색의 무명치마 지지랑물에 색이 바래
흙길에 새겨진 얽히고설킨 넝쿨줄기들
풀숲에 웅덩이 만들어 나를 반겨 주네
비 개인 창문 너머 오색햇살로
힘주어 애원하고 애원해도
짜디짠 바닷바람 그 눈물 말릴 수 없다네

눈물이 비가 되어 속울음 쏟아내고
비는 눈물을 삼키고 아픔을 남기네

그땐 미처 몰랐습니다

말없이 다가왔습니다.
가시 박힌 살갗이 바르르 떨고 있을 때,
박힌 가시 훑치려 바람이 소슬하게 다가와
아픈 가시 쏙 빼내며 창가로 물러 앉습니다
한 잔의 술에 노래 부르고 두 잔의 술에 눈물 떨굽니다

말없이 주저앉았습니다.
기침머리 나오려는 턱을 쓱 쳐들었을 때,
바람은 살갗의 내킬성을 소리 없이 느른하게 만들고
감미로운 바람 불어와
쓰디 쓴 술에 지척지척 거리며 갈피를 잃었습니다

말없이 물러났습니다.
곤곤한 철벽 수문 뽀얀 거품 일으키며 물세례 칠 때,
잔잔히 불어 온 바람 살갗으로 스며들어 벙글거리더니
오아시스 한 모금 마신 듯 깨어납니다
그땐 미처 몰랐습니다

가을의 연상

오늘도 길을 걷는다. 익숙했던 그 길에는 알게 모르게 찾아온 가을 바람에 힘없이 낙엽들이 떨어진다. 떨어진 낙엽은 바람의 이끌림에 의해 뒹굴어 다니거나 서로 의지한 채 부둥켜안은 채 군데군데 수북이 쌓여져 있다. 그나마 나뭇가지에 달려 있는 몇 안되는 잎새마저 맥없이 흔들리는 모습이 마치 이냥저냥 살고 있는 지금의 나처럼 보여 위태롭고도 아련해 보였다.

소싯적 가을볕을 쐬며 툇마루에 오도카니 걸터앉아 있는 걸 좋아했다. 한참을 그러고 있노라면 가을볕에 의식이 몽롱해지면서 누가 언제 벽에 걸어 놓았는지 알 수 없는 목탄화의 글과 그림을 즐겨 보곤 했다. '한 잔의 술을 마시고 우리는 버지니아 울프의 생애와 목마를 타고 떠난 숙녀의 옷자락을 이야기한다, 목마는 주인을 버리고 그저 방울 소리만 울리며 가을 속으로 떠났다…'(이하 생략) 무슨 뜻인지도 모른 체 박인환의 '목마와 숙녀'를 읊었다. 당시 그림 속의 사슴이라 생각했던 동물의 코가 왜 빨갛지 않았는지 영어를 모르는 나이에 버지니아 울프라는 영어 발음을 신기해하며 버지니아 울프를 줄곧 입 속에 달고 살았다. 지금에서야 사슴이 목마였으며 버지니아울프가 20세기 문학의 대표적인 모더니스트로서 뛰어난 작품 세계를 일궈 놓은 선구적 페미니스트이자 철학자였다는 것을 알게 되었지만 당시만 해도 어린 나로선 견딜 수 없는 신세계적 궁금증이었다. 아직도 가을이면 제일 먼저 머릿속에 찾아오는 시구절이다.

사계절 가운데 유독 가을에 과거의 기억과 추억들을 들추어내며 감성에 젖는 이유는 무엇일까. 해마다 찾아오는 가을이거늘, 매해마다 느끼는 가을은 알 수 없는 쓸쓸함과 허전함, 외롭고 고독함을 남긴다. 가을이라는 계절은 아마도 시간적으로 반추할 수 있는 찰나의 의미가 강하기 때문이 아닐까 싶다.

우리는 여름의 무성한 녹음을 감탄하며 시원함과 풍요로움을 즐긴다. 그러나 자연은 자연의 또 다른 시간을 맞을 준비를 한다. 매일 보고 걷던 익숙한 그 길 그 나무들에게서 어느 순간 단풍이 들고 낙엽이 떨어져 앙상하게 변해 버린 나뭇가지들을 본다. 그제야 우리는 바뀌어 가는 계절을 본능적으로 감지하게 된다. 그러면서 스스로에게 보이지 않는 시간의 흐름 속에 내가 또 다시 어느 정도 와 있음을 암묵적으로 인정하게 된다. 나에게 주어졌던 시간, 잡고 싶어도 잡을 수 없는 시간을 야속해 하는 마음을 담고 자신만의 외로움에 빠져들 수 있는 계절이 바로 가을이 아닌가 싶다.

'소리 없이 찾아와 쏜살같이 달아난다'해서 가을을 찰나의 계절이라고도 말한다. 누구나 가을이라는 단어를 떠올리면 지나간 과거의 경험 혹은 무수한 기억의 편린들과 만난다. 그사이 가을은 각자의 마음 속에서 지나간 삶의 총화가 되어 깊어져 가는 그 짧은 시간을 매 해마다 그리워한다.

김은희

장미를 시샘하며
나폴리를 꿈꾸는 일상
내일은 좀 더
나아갈 수 있을지…

수원 출생, 동남문학회회원

새벽산길, 여름을 걷다

구름 너머로 이어지는 길.
햇빛 사이로 숨어든
파란 바람은 물의 냄새를 뿌리며
온몸을 감싸 안는다
볼을 때리고 코와 입을 막아버리고
옷가지 사이 깊숙이 파고들어
더듬더듬 부드러이 젖가슴을 휘돌아
등의 땀을 씻기우고 숨찬 소리를 지워내며
뼛속 켜켜이 쌓인 먼지마저 쓸어낸다
나뭇가지의 울음소리를 바람은
갓 태어난 연두빛으로 피워내더니

살 속에서부터
온통
초록의 춤판이다

*제27회 수원여성 기예경진대회 시,수필부문 우수상 수상작

밤 꽃 향기는 흐르고

노골적이며 은근한 달빛 아래
검푸른 잎사귀 그림자 사이
유혹하듯 가닥가닥 늘어져
흰 꽃차례 춤을 춘다

후텁지근한 열기를 품고 퍼지는
비릿하고 시큼한 내음의 유월
거칠고 굵은 몸뚱이를 타고 흘러
뿌려지는 생명 근원의 향기

달큼한 열매를 꿈꾸는 밤은
뜨거워서 향기롭고
밤나무 하얀 꽃 아래 아낙은
수줍음에 붉은 꽃물 들겠다

어머니의 가마솥

반지르르한 줄무늬 틈새 사이
기운차게 오르는 생명의 연무
지푸라기 소여물 묽은 죽 끓이며
수십 해를 살아온 인내
그을음으로 뒤덮여 지켜낸 세월
지문 벗겨진 귀
동그마니 구멍 난 옆구리
아닌 척 태연하게 고개를 숙인다

뒤꼍으로 내던져진 추운 무렵
얼굴을 뒤덮은 검푸른 이끼 껴안고
저물어가는 노을에 성내는 다짐으로
바닥에 고인 붉디붉은 마음
저녁 끼니로 차려 낸다

그의 어느 밤 길

어둠이 들이찬 좁다란 골목을
검은 봉다리가 바스락대며 걷는다
마을을 지키는 장승처럼 선 전봇대는
굽은 어깨가 뱉어내는
얼큰한 기운에 절로 졸립다

귀퉁이를 맞대고 줄지은
어느 창문가 아이의 울음소리
노인의 가래 섞인 쉰 기침 소리 곁
요란하게 끓어오르는 노란 양은 냄비 뚜껑의
달그락 소리가 마중 온다

휘적휘적 걸음 걷는
풀어져 밟힌 운동화 끈에 묻어온
우중충한 흙 모래 가루
비닐 바른 창문에서 흘러 나온 노란 빛에
금가루마냥 반짝 빛을 낸다

가로등도 휘청거리는
그의 어느 밤길,

등에서 갈라진 그림자는 엿가락처럼 늘어져
색이 바랜 대문 위로 얼룩 옷을 입히고
허물어져 가는 담벼락을 일으켜 세운다

미역국이 끓고 있다

전날 저녁 늦게 친정엄마의 전화를 받았다. "딸, 생일 축하해." 언제
나, 늘 그렇듯이 생일을 축하하는 첫 번째의 전화 한 통이었다. "미역
국 꼭 끓여 먹고." 알았다고 대답하면 엄마는 "대답만 하지 말고 꼭 끓
여 먹어." 하신다. 마치 먹지 않고 지나치면 큰 일이라도 생길 듯한 말
투이시다. 다시 한마디, "옆에 살면 내가 끓여 줄 텐데. 왔다 갈래?" 겨
우 기차로 한 시간 거리에 살고 계시는 엄마는 마치 멀리 타국에라도
떨어져 사는 것처럼 안타까워하셨다. 그 전화를 받고 나면 벌써 생일
이 돌아왔다는 것이 실감났다. 이즈음의 나는 유난히도 한 발을 내딛
기가 마치 돌 전의 아기 같기만 하다. 사십의 초반을 훌쩍 넘겨 가면서
도 철없이 마냥 엄마라고 부르는 그 분이 전해 주는 말 한마디는 더운
날 시원한 차 한 잔이 되어 가슴을 식힌다. 부족한 탓으로 요란하기만
한 마음을 차분히 가라앉혀주는 한여름 초저녁 시원한 바람 같은 평
안함이다. 자식을 걱정하는 노모의 마음 한 조각만큼이라도 딸은 돌려
드릴 수 있을까 싶다.

생일이면 미역국을 끓여 먹는다. 누구를 만나도 어디를 가도 미역
국을 먹었느냐는 말이 인사가 된다. 그런데 아이러니하게도 생일날 먹
는 미역국은 생일을 맞은 사람을 위한 것이 아니라 그를 세상에 태어
나게 해주신 어머니를 위한 음식이라고 한다. 그를 낳고 힘들었을 어
머니의 신진대사를 도울 소박한 영양식이라고 말이다. 어찌 보면 너의
생일에 어머니를 위한 음식을 만들어서 감사한 마음을 새기라는 이중

성을 가진 의미가 아닐까 싶다. 아이를 낳기 전에는 그저 한 귀로 듣고 한 귀로 흘려 듣던 이야기가 엄마의 자리에 서고 보니 감동의 언어로 가슴에 새겨진다. 그 순간만큼은 그녀에게 있어 최고의 시간이었을 것이다. 육덕진 고기를 넣고 팔팔 끓인 뜨거운 미역국이 그립기도 하다. 어머니의 사랑과 정성이 입안에 달디단 침으로 고인다.

나의 생일은 작은 아이와 남편의 생일 사이에 며칠 간격으로 끼여 있다. 이름 대신에 아내 혹은 엄마라는 명찰을 가슴에 단 뒤로 언제부턴가 이 날은 그저 다른 때보다 조금 더 움직여야 하는, 할 일이 늘어난 하루에 불과했다. 즐겁되 즐겁지 않은 날이 되어버린 것이 어쩐지 서운했던 나는 스스로를 위해서 소중하게 하루를 보내자고 어느 날에 결심했다. 식구들을 위해 아침에는 빵을, 저녁에는 외식을 하거나 배달음식을 주문했다. 때아닌 파업이나 다름 없었지만 오히려 몸은 편해서 좋았다. 케이크 위, 초의 개수를 맞추지 않아도 된다는 것이나 이것을 핑계 삼아 부엌에서 벗어난다는 것이 어쩐지 마음에 들었었다. 그런데도 무엇인지 못내 아쉬운 것은 냄비 속에서 바글바글 끓어 오르는 미역국이었다. 한 대접을 배부르게 먹고 나면 무슨 일이든지 해낼 수 있을 것 같은 포만감이 그리워지기도 했다. 뜨거운 국과 하얀 쌀밥 한 그릇으로부터 오는 가득한 아쉬움은 분명 모태에서부터 먹어 왔던 본능 때문이었을 것이다.

소중한 마음을 지닌 음식도 시대를 거스르지는 못한다. 아이며 어른이며 모두 나이대로 초를 꽂아 놓은 케이크가 주인공이 된다. 생일 음식은 먹지 않더라도 케이크와 초가 빠지면 난리가 난다. 아무리 정성스레 준비한 차림이라도 작게는 관심이 부족하다는 타박에서 출발해 사랑하는 마음을 의심을 받아야 하는 상황까지 갈 수도 있는 것이다. 축하노래를 부르고 선물을 주고 하는 사이에 나름 의미를 지닌 예쁜 색의 초 몇 개는 촛농을 떨구기가 무섭게 쓰레기통으로 휩쓸려 들어가 버린다. 엄마의 음식은 화려한 케이크에 순위를 빼앗기고 말았다. 그렇다고 해서 어머니와 아버지의 사랑과 정성이 부족하거나 없다는 것은 절대 아니다. 그 나름대로의 정성과 즐거움이 충분히 있을 것이다. 단지 장을 보고 조리를 하며 완성해가는 일련의 과정 동안 느꼈을 상대에 대한 사랑이 양념으로 녹아들었을 것이 분명한 마음이 아쉬울 뿐이다. 엄마의 어머니, 기억도 할 수 없는 오랜 시간 이전부터 먹어온 미역국이 지금 이 순간도 어느 누군가의 부엌에서 여전히 끓어 오르고 있을 것이라고 믿고 싶다.

전날 저녁 나이 많은 딸에게 미리 축하를 건네고 직접 챙겨주지 못하는 것을 못내 아쉬워하며 신신당부하시던 노모는 결국 다음날 아침 다시 전화를 하셨다. 미역국은 먹었느냐고. 그렇게 물어보시는 그 마음 이면이 전화기를 건너 전해져 왔다. 딸아 너를 걱정하고 있다고, 챙겨주지 못해 미안하다고, 말로 표현하지 못하는 가슴속의 사랑을 전하고 계신 것이었다. 부모님의 품을 떠나 사회 생활을 하고 결혼을 한 지 어느덧 십 수년이 지났어도 칠순이 가까운 당신에게 나는 여전히 철부지 딸일 것이다. 그 딸아이에게 단지 생일날 습관이었던 미역국은 더운 날 부엌, 그저 엄마가 흘리던 땀방울에서 아이를 낳고 키우며 중년이 되어서야 사랑이 되었다. 어머니가 주는 사랑과 정성은 구태의연하더라도 내가 끝까지 놓지 못할 생명의 뿌리이며 내 아이들에게 전해줄 생명의 줄기로 자라날 것이다. 어느새 나의 주방 커다란 냄비에는 고기 육수가 끓고 있고 싱크대 한켠에는 미역이 몸을 불리고 있다. 가을에 맞을 노모의 생신, 당신을 위해 준비할 맛있는 식사 한 끼가 벌써부터 기다려진다.

The Great Wall,만리장성으로의 여행

8월의 첫 주는 뜨거웠다. 시멘트 바닥을 타고 오르는 꿈틀꿈틀하고 화끈한 열기는 대기 중의 스모그와 만나 끈적거리는 호흡으로 몸을 감싸왔다. 짐을 찾고 국제선 게이트에서 길림성 연길이 고향이라는 빼어난 미모의 가이드를 만났을 때에는 한숨이 나올 정도였다. 서울을 출발해 두 시간 만에 도착한 공항은 넓고 현대적이었다. 메탈릭한 분위기의 시설들이 화려하다기보다는 조금 엄격하고 냉정하게 느껴졌다. 숙제 검사를 하듯 줄을 세우고 비자 심사를 하는 중국 공안의 눈초리만큼이나 매서운 듯한 인상의 북경을 만났다. 각종 미디어로만 접해 본 세계문화유산이며 7대불가사의이기도 한 만리장성에 대한 기대가 발걸음을 바삐 부추겼다.

이튿날 가이드의 신신당부를 바탕으로 일행은 새벽 다섯 시에 기상을 했다. 오전의 일정으로 만리장성에 오를 것을 대비해야만 했다. 북경 시내 아침 출근시간의 러시아워도 여느 나라의 중심도시와 다를 바 없어 북새통이었다. 줄줄이 늘어선 택시, 버스, 자동차들에 자전거와 인력거까지 마치 근대와 현대의 서울을 섞어 보는 듯 했다. 겨우 중심가를 빠져나와 두어 시간 이상이 지나서야 넓은 들판을 배경으로 웅장한 산맥이 시야에 들어오기 시작했다. 여행길에서야 불편을 감수하는 일 또한 작은 즐거움이 되겠지만 아침부터 몇 시간을 차에서 보내는 일이 쉽지만은 않았다. 또한 창밖 풍경 속에 끼어들기 시작한 저 산 어딘가에 있을 장성도 쉽게 상상되지가 않았다. 어서 도착했으면 하는 조급한 마음이 날개를 달고 복잡한 도로 위를 날았다.

　마이크를 잡은 가이드가 꾸벅꾸벅 졸거나 지루한 표정의 승객들을 만리장성에 대한 호기심 속으로 끌어들였다. 진시황제가 지시한 축성이 시작되자 아버지, 남편, 성년에 접어든 아들 등 남자들은 강제로 차출 되어질 것을 두려워하여 병사들을 피해야만 했다고 한다. 장성으로 떠난 그들은 성벽을 무덤으로 삼아야 할지언정 돌아오기가 결코 쉽지 않았기 때문이었다. 외부의 적이 쳐들어 올 것을 대비해 쌓은 만리장성이 한편에선 거대무덤이라 불리기도 하는 까닭이었다. 그녀는 흔히 들어 본 '하룻밤에 만리장성을 쌓는다' 는 말과 관련된 이야기와 망부석이 된 맹강녀 이야기 두 가지를 들려주었는데 지방마다 조금씩 차이가 있다고 했다. 얼마나 애틋한지 몰라요, 하며 만리장성을 오르거든 꼭 떠올려 보세요, 하는데 그 어조에는 오히려 자부심이 가득했다.

　일행을 태운 차량은 산 중턱쯤에 자리해 안개가 가득한 팔달령 장성에 도착했다. 구름을 입맞춤하듯 끌어안은 산맥은 신선이라도 불러올 것처럼 아득했다. 달에서도 그 흔적이 보인다는 인류의 위대한 건축 구조물이라 칭해지는 만리장성을 보호하기 위해 6천여km에 이르는 성벽중 몇 구간만을 관광객에게 공개하고 있다고 한다. 그 중에서 거용관과 팔달령 구간이 북경에서도 가까워 유독 많이 찾는 곳이라고 했다. 지인에게서 성벽을 오르기 위해 세 시간 정도 걸렸었다는 말을 들은 후라서 짐짓 걱정을 하고 있던 참이었는데 정말 기우였다. 우리를 맞이한 것은 관광 상품이 진열된 상점과 최신식 케이블카가 설치된 건물이었다. 일행의 가족 중에 어린아이가 있어서 다행이다 싶으면서도 고대의 놀라운 유적을 둘러싼 현대문명의 이기가 설핏 헛웃음을 흘리게 했다.

　매표소 앞 작은 광장은 입장순서대로 줄을 선 관광객들로 북적였다. 차렷 자세로 서 있는 공안도 천안문에서와는 달리 한결 편안해 보여 이것이 산이 주는 선물 중에 여유로움인가 싶었다. 올려다보기에 제법 높게 보이는 산세를 케이블카로 몇 분 만에 지나쳤다. 끝나지 않을 것만 같은 긴 터널을 지나 반가운 햇빛을 다시 만났을 때 드디어 만리장성의 성벽이 팔만 뻗으면 닿을 것 같은 거리에 서 있었다. 그와 더불어 완만하게 펼쳐진 길이든지 가파르게 경사진 길이든지 온통 사람으로 채워진 사람의 숲도 보였다. 눈앞에 길게 늘어진 성벽을 바라보며 끝이 없다고들 하더니 막상 그 말이 이것이로구나, 했을 뿐이었다. 습하고 더운 날씨에 얼굴에 와 닿는 차가운 안개비가 들뜬 마음과 나오는 한숨을 차례로 다독여 주었다.

　사람들 틈을 비집고 발을 내디뎠다. 만리장성에 왔구나 하는 만족의 기쁨은 잠시였다. 머리위로 우뚝 선, 손을 뻗으면 닿을 것만 같은 성문의 웅장한 풍경을 올려다 볼 여유조차도 쉽지 않았다. 겨우 가파른 길과 인파에 적응이 되자 이번엔 사람들의 소리 소리가 모여 들어 귀를 위협해 왔다. 그나마 발아래 펼쳐진 구불구불하게 이어진 아름다운 성벽의 능선이 눈에 들어오며 위로가 되었다. 마차가 다닐 수 있을 만큼 넓은 길 양쪽으로 쌓은 돌들에 끼인 검푸른 이끼만이 유구한 세월을 지키고 있었다. 그 안쪽에서 거북이 걸음인 사람들이 오히려 위태로워 보였다. 안전을 위해 설치했을 쇠로 된 말뚝이며 기다랗게 이어진 녹슨 손잡이가 마치 척추를 파고들어 생채기를 내는 듯 마음 한 구석이 저려왔다. 어린 시절 어느 특별한 날 엄마가 만들어 주신 맛있는 음식을 들고 있다가 맛도 보지 못하고 떨어뜨려버렸을 때처럼 울컥 조바심이 이는 심장을 한 손으로 가만히 두드렸다.

인류의 위대한 구조물로 평가받는 만리장성의 이면이 아쉬웠다. 끝이 없을 것처럼 이어진 장성의 잘 복구된 한 쪽에서는 매일, 매순간 수많은 인파가 마치 만원버스를 탄 듯 밀려들어 감탄의 탄성을 내지른다. 반면 다른 어느 곳에서는 허물어져가는 집을 보수하기 위해 불법임을 알면서도 성벽의 흙을 몰래 파내가는 일이 빈번하게 벌어진다고 하니 참으로 아이러니한 일이다. 비단 그들의 일뿐만이 아니라 삶의 균형이 깨어지며 어떤 일에서든지 극단적으로 양분화되고 있는 요즘 세상의 심각한 문제인 듯하다. 빛은 그림자와 함께 존재한다는 불변의 사실이 위대한 건축물 앞에서도 다시금 느껴지는 순간이었다.

성벽에 기대서서 산줄기를 따라 이어진 장성을 바라보았다. 그래도 사람의 힘이란 것은 참으로 대단하구나, 감탄하며 가이드가 들려주었던 애절한 전설도 떠올려 보았다. 그저 기회가 된다면 다른 이름 모를 장성의 구간들을 넉넉한 시간을 두고 성벽이 들려주는 그네들의 이야기에 귀 기울이며 차근차근 걸어 보고 싶다는 생각이 목까지 차올랐다. 무더운 날씨가 주는 텁텁함과는 다르게 구름 사이로 만리장성을 내려다보는 하늘은 참으로 푸르렀다.

원경상

하얀 글밭에 첫 삽을 뜬다
일곱 개의 별을 뿌린다

시 ——————————————————————————

경기도 과천 출생
저서 : 「포도밭」
이메일 won211@naver.com

서리꽃 단풍

서리꽃 단풍이 가을을 쓴다

비가 올려나 몸이 아프다

온몸이 쑤시고 아픈 가을이

남긴 한마디

싹싹 쓸지 말고 살살 천천히

허리 굽은 서리꽃 가을을 보낸다

상상화

한 몸에 꽃과 잎이
만날 수 없는 불운의 꽃

가슴 저리도록 그리움 남기고
떠나간 잎사귀

마음 한구석에 심은
잎을 떨구고

달 밝은 밤
가을 길목에서

붉은 얼굴로 밤새 울었다

첫눈

첫눈 오는 날
만나자 약속한 사람
눈은 푹푹 쌓여도
그 사람 없네

잎 새 떠난 가지 위에
하얀 눈꽃 피는데

안 오시나
못 오시나
시간은 흘러 깊어 가는 밤

장독대 눈이 소복 쌓인다
멀리서 멍멍 개 짖는 소리
이제야 오시는가

지게

아버지 등에서 살아온 지게는
아버지의 얼과 땀이 밴 곳

가버린 세월
젊은 경운기에 밀려
일터 내주고
뒷방 신세지만
지게는 아직 일하고 싶다

오는 사람 없고 반겨주는 이 없는
처마 밑 지게
뒤안길로 사라져가도
이 땅의 빛이 담긴 보물

깨진 항아리

어머님 손때 묻은 깨진 항아리
울타리에 기대어 잠이 들었다

흙을 담아 작은 꽃씨 심었더니
파릇한 새잎 하늘 보고 팔 벌린다

낮에는 땡볕에 땀 흘리고
밤이면 달과 별이 친구가 된다

은구슬 먹고 피운 꽃송이
나비와 벌들이 가던 발길 멈춘다

들꽃

이슬로 세수하고
방긋 웃는 꽃

양손에 은 구슬
누가 주었나

아침햇살 비치면
너무 수줍어

부끄러운 얼굴이
홍당무 된다

사랑 비

빗물은 바위를 사랑한다
오랜 세월 가슴에 파고들었다
조건 없는 사랑을 약속한다
호수도 만들고 정원을 꾸몄다
풀은 그냥 났다

바위에 산을 하나 더 올려놓았다
바위산 꽃이 피면 벌 나비 날아와 춤을 추고
풀잎에 잠자리가 앉아 놀다 간다
바위는 행복했다

창문을 열면 구름이 보이고
새들의 노랫소리가 들린다

정정임

나는 지금 걸어간다
걸어갈 것이다
걸어가야만 한다
계속 걷다 보면 만나는 꿈

시 ──────────────────────────

충남 아산 출생
동남문학회 회원
수상 : 정조대왕 숭모 전국 백일장 수상, 버스정류장 인문학 글판 시민공모부문 수상

세월

태양을
삼켜버린
암흑의 광장

내일이
오늘

오늘은 벌써
어제로
그제로

그리고
아득히 먼
옛날

쓰레기통

깡통으로 맞다가
껌 붙은 얼굴
양심 던진 종이컵에
흐르는 갈색 눈물

더러움 감춰주려고
더러움을 삼켜주신
내 어미의 마음처럼
끌어안아 내몰린 차가운 시선

늘 그러려니
늘 그러려니

이젠 그 눈물 닦아
단장하는 내 얼굴에
활짝 웃는 세상

비

빛을 가둔 하늘
꼼짝달싹 못해 터져버린 울음보
먹구름 안고 뛰어내린다

거침없이 떨어져
잘게 부서진 몸뚱아리
하늘만큼 커진 슬픔
강물처럼 흐른다

지동시장에 가면

참기름 바른 떡집 향이
하루를 흔들어 깨운다
김 서린 국밥집 탁자에는
정조의 효심이 따끈하게 담기우고
먼 길 걸어온 삶의 애환들
모난 철판 위에서 달큰하게 볶아진다
푸드덕
푸드덕
도심 속으로 날아든 발자욱들
허기진 고향품 그리다
지동 시장에 안긴다

연기처럼

지울 수 있다면
가질 수 있다면
만질 수 있다면

입김처럼
연기처럼

홀연히 사라져간 그리움 한 조각
닿을 수 없어 끊을 수 없음이
천리길 낭떠러지로 파고든 아픔

솟구치는 샘물처럼
뚜두둑 떨어진다

가을

내 기억 속에 그분은 바람 타고 오신다
울긋불긋 단장하고 날오라 손짓하신다

내 기억 속에 그분은
황금물결 일으키며
저 들판에 서 계신다

넉넉한 가슴 내주면서
잠시 쉬어가라 하신다

맑은 하늘
맑은 미소
사랑 나누기
사랑 보태기

침묵한 고단함은 수확의 결실
다들 평온해질지라 기도하신다

신발

뒤뚱뒤뚱 물오리
외출을 한다
구찌베니 바르고
하이힐 신고

우아하게
도도하게
조심조심 걸어가는 저 여인

넙데데한 시골발
뾰족 구두속에 갇혀

학다리 춤추다
폭삭 빠져버린 굽

조영실

뜨락의 흐드러진 장미를 보고도
아름답다고 말할 수 없었다

충남 당진 출생
동남문학회 회원

다초점 안경

다초점 안경을 낀다.

멀리 봐도 잘 보이고
가까이 봐도 잘 보인다.
왼쪽으로 봐도 잘 보이고
오른쪽으로 봐도 잘 보인다.

보이는 모습 모두 다르다.

한쪽 모습만
보는 사람이 많은 세상

다초점 안경

벽

벽을 마주하고
혼자 누워 있다.

숨소리를 내뱉는 고요
실핏줄까지도 당겨 간다.

귓속 가득 차는 발자국 소리
둘러보면 차디찬 벽뿐

벽은 사각의 공룡이 되어
나를 삼켜버린다.

삶

숙지산 등산로 앞
작은 카페에서
아포가토를 시킨다.

아이스크림 퍼서
에스프레소에 퐁당 넣고
에스프레소 떠서
아이스크림에 끼얹는다.
달콤함도 아닌, 쓴 커피 맛도 아닌
또 다른 맛

괴로운 일
즐거운 일 많은 세상살이
오늘도 우리는
자기만의 아포가토를 만든다.

인력시장

아직
떠나지 못한 남자
두 눈만 껌벅껌벅
얼굴 솜털 파르르 떤다.

멀리 동쪽 하늘
그믐달이 나와 물끄러미 바라본다.

제라늄 꽃을 피워내다.

베란다 한구석
홀로 서 있는 제라늄
겨울 내내 삭풍에
움츠러들고
또 움츠러들어
기우뚱
줄기 하나 남았더니

그래도
쉼 없이 물 퍼 올려
오늘 한 송이 꽃을 피워
온통 붉게 물들였다.

불꽃 피우는 풀무질 소리
가슴 가득 찬다.

높이 날아오르는
날갯짓 소리 하늘 문을 연다.

*지지대비 遲遲臺碑

오봉산 지나
지지대 고개에
보고 또 보고 뒤돌아보던
정조正祖의 효심
돌이 되어 서 있다.

아득해진 화산릉
차마 돌이키지 못한 발길

오늘도
아버지를 그리며
이정표가 되어
시린 가슴을 어루만진다.

---

*서울 방향에서 수원으로 들어오는 입구에 있는 지지대 고개에 정조의 효
심을 기리기 위해 건립된 비(碑)

문패

인왕산 끝자락
여기 저기 높이 솟은 건물 사이
울안에 감이 붉게 익어가는
벽돌집 푸른 대문에
대리석 작은 네모 조각 하얗게 빛난다

하나 둘 모습을 감추고
일, 이, 삼 숫자로 바꾸며
익명의 숲으로 들어가는데

이름 석자 시렁에 얹은 세월
가슴 밑바닥부터
스멀스멀 올라와
울렁거리는 문간방의 숨 막힘

이계승李繼承
나 여기 살고 있소
나 이렇게 살고 있소
외침이
대리석 작은 네모 조각에서 하얗게 울린다

김광석

가슴으로 쓰인 시는
대자연 속 인간을 아름답게 할 수 있어
깨달음으로 마음을 채워야 하겠다

시

경북 칠곡 출생
동남문학회 회원
E mail : dia21kim@hanmail.net

고추잠자리

긴 잠자리채 든 아이 서넛
채집통 든 막내 뒤로하고,
코스모스 꽃길
곤충채집에 나선다

밀잠자리는 잡아도 되지만
고추, 장수잠자리는 예뻐서 멸종위기
가려 주었으면 좋으련만
실하고 좋은 잠자리에만 손이 간다

잡기에 바쁜 아이들
가냘픈 코스모스 밀치고
추수 앞둔 콩밭 밟으며
잠자리만 보고 따라간다

아서라 애들아
채집의 기쁨
독 오른 뱀에 물리면
만사가 헛일이란다

연어

오래지 않은 옛날
동방 최상류 법수치 계곡
너희 고향이었다

종족 이으려 보여주는 경이
가을마다 이야기 꽃 피네

9만리 태평양 저편 다녀오는 너
고향 냄새 등대 삼아 찾아오건만
강 거슬러 오르지 못하네

길 막혀 자연생 못 이루는 너
종족 잇는 아름다운 본성 있어
고향 되찾는 그날 기다려진다

단풍에게

들녘 오곡 추수할 즈음
설악 준령 단풍 잔치
불가사의 보고파

미시령 초입에 닿으면
산등성부터 하나둘 반겨
오를수록 온 산 파노라마
미혹으로 빠져들게 하는구나

천불동계곡에 들면
형언할 수 없는 팔만색
기암 병풍 삼아 뽐낸다

수많은 시선 속 보낸 하루
어둠이 계곡에 먼저 오고
종일 손님 맞아 지친 몸
알록달록 이부자리에 눕는구나

다람쥐

세 살 아기
귀여움 가득

운 좋은 날
산길에서 보려나

맑은 눈짓
다섯 줄무늬 자태
입 맞춤 시늉 보내온다

짧은 지난 만남
오래였으면
저만치 너를 반겨본다

기러기

남쪽나라
따뜻한 바람
저녁 노을 깊다

의좋은 V자 군무
하늘 높이 날으며
끼륵 끼르륵

제비 올 때
가져간 감사의 노래
화답 안고 왔으려나

아직 꽁꽁 얼은
먼나라 애처로워
끼륵 끼르륵

귀뚜라미

어둠 짙어져
스산한 가을

귀뚜르르 뚜르르
먼 데서 가까이로

독수공방 아낙네
깊어저가는 밤
커지는 공허

나그네 젖는 회상
옛날에 서게 한다

시곗바늘
되돌리는 소리
귀뚜르르 뚜르르

인동초

시베리아 한파
남녘에 불어 와도
푸른 잎으로 남는다

견뎌낸 추위
나이테 새기는
인고의 지혜

이름 석 자
인동초
인동초

김명식

살금살금 기억은 도둑맞지만
마음만은 천년만년 살으리

시 ──────────────────────

충북 괴산 출생
동남문학회 회원

눈사람

하얀 눈 내린 날
둥글게 굴려 만든 눈 사람
세상 고초 모르는 짓궂은 표정

잠결에 생각난 눈 사람
어두운 곳에서 혼자
두려움에 떨고 있겠다

철부지 시절 지나
오십 줄에 들어선
나를 닮은 눈 사람

시샘

희디흰 설경 가슴에 품어
그해 겨울 모진
산고의 세월 보내더니
저리도 고운 빛 피웠구나

햇빛조차 너의 가녀린 빛에
떨리는 가슴 어쩔줄 몰라
아지랑이 빚어내고

힘들었던 지친
산고 위로 삼아
울타리 담장에
샛노랗게 웃어대니

햇빛 사랑 기다리며
산가에 수줍은 미소만 지어대던
봄처녀 서둘러 단잠에서 깨어나
붉은 한숨 토해놓네

옥수수

주먹만 한 웅덩이 만들어
옥수수 서너 알씩 던져넣어
봄을 맞았네

첫 돌백이 아가인 양
파릇이 솟아올라
마디마디 잘도 뻗어

바람에 저고리 고름 날리듯
늘씬한 잎들 춤사위 자랑하며
태양을 이고 있네

뙤약 볕 아래
무르익는 연모의 정
겹겹이 감추고

산들 바람에도
마음 졸여
머리까지 탔구나

밤을 지키는 호수

푸른 빛 도는 어둠 속
잔잔한 미동 조차 없는 너

멀리서 비춰오는 불빛 속
실오라기 하나 걸치치 않은 너의 자태

가끔 풀짝거리는 붕어만이
네가 잠들어 있지 않음을 알려주고

그 소리마저 부끄럽다
물결의 파동조차 흔들림 없어라

넓은 몸을 갖고도
고요를 지킬수 있는 것은

욕망의 부질없음을
알고 있는 것

늦가을

알몸이 되고 나서야
춤 바람은 멎었고
토해놓은 바람에 날려
전해진 편지 한 통

이별하는 법과
기다리는 법이
거치른 한숨으로
쓰여져 있다

가을 빛 내려앉은
가시나무 밑에
살짝 남은 핏기로
바스락거리는 언약

그것을 바라보고 있는 새의 날갯짓

부부

은행 떨어져
냄새 풍긴 날
이유없는 설움에
부부 싸움 한바탕

냄새 한짐도 내 몫인 걸
티격태격할 것도 없는 것을
30년 묵은 정 쌓은 날

일기장

홀아버지는
삶의 고단함을
막걸리로 노래했다

막걸리 한 사발은
아내에게 속삭이는
각오의 눈물

막걸리 두 사발은
아내에게 원망하는
각오의 눈물

애환 담긴 막걸리는
홀아버지의
서글픈 일기장

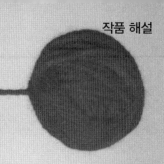

문학은 작가와 독자가 잇는
신세계를 여는 가교

지연희(시인, 수필가)

문학은 작가와 독자가 잇는 신세계를 여는 가교

지연희(시인, 수필가)

문학이 독자에게 건네는 가장 경이로운 일은 봄날의 대지를 뚫고 대기를 향해 파릇한 생명의 힘을 돋아 올리는 새싹처럼 실의에 찬 마음에 용기를, 절망에 찬 가슴에 내일을 여는 한 줄기 희망의 메시지를 제시한다는 것이다. 한 편의 시가 한 편의 수필이 들려주는 감동은 꽃샘바람 부는 봄날 햇볕의 따사로움처럼 빛을 잃은 가슴에 기쁨이 되고 위로가 된다. 동남문학이 수원지역의 든든한 동인문학 단체로 성장하는 이유도 문학이 지역사회에 미치는 정신문화 창달에 앞장서는 일일 것이다. 알게 모르게 순화되는 영혼의 담금질, 문학은 작가와 독자가 잇는 신세계를 여는 가교이다.

얼핏
얼비친 환영이라도
그대라면 하는 무지한 집착

그대로 인해 허무가 되고
그대로 인해 상념만 남았다
　　　- 전영구의 시 「사랑, 여정」 중에서

너의 얼굴에 내 얼굴을 부벼본다

내 얼굴에 뾰족한 새싹이 만져진다

너의 몸을 나의 가슴으로 닦아 본다

내 몸에도 파란 새싹이 걸어 나오고 있다

안개가 가두었던 소리였다

- 최정우의 시 「다시 봄이 오다」 중에서

돌아오지 못할까

돌아오지 말까

아득한 마취의 세계

가서 못 올까도 걱정이고

땡볕에 다시 모심고 김맬 걱정에

그냥 그곳에 있고도 싶다

- 서선아의 시 「수술전야」 중에서

　전영구의 시 「사랑, 여정」은 연시戀詩를 쓰는 시인의 특성대로 '사랑'
이라는 감성의 쓸쓸하고 아픈 조각들이 내연에 스며있음을 엿볼 수
있는 시이다. 사랑함으로 체득한 심경의 단면들이 감성의 획으로 구
조된 이 시는 '그대로 인해 허공이 되고/그대로 인해 상처가 되었다'는
시름만 가득한 여정 속 허무와 상념만 남은 슬픈 사랑의 현주소를 만
나게 된다. **최정우**의 시 「다시 봄이 오다」는 긴 겨울의 안개 가득한 숲
속에서 봄의 소리가 꿈틀거리는 매우 감각적인 시어와 미주설 수 있

작품 해설 251

었다. 다소는 긴장감 있게 전개되는 이 시는 육감적으로 생동하는 봄의 소리를 듣게 된다. 다시 말하자면 잊었던 의식이 감각적으로 부활하고 있다. '손바닥에 파란 잎이 물들고 있다/너의 얼굴에 내 얼굴을 부벼본다/내 얼굴에 뾰족한 새싹이 만져진다' 는 봄(잊었던 감성)이 부활하고 있다. **서선아**의 시 「수술전야」는 수술실에 누워 마취가 시작되는 몸의 변화를 직감하며 생사가 불확실한 혼미함 속에서 느끼는 심정을 그리고 있다. '돌아오지 못할까/돌아오지 말까' 인생의 가을걷이는 어미로 책임지어진 자식농사일 것이다. 아직 짝을 채워주지 못한 자식(볏단)걱정에 '돌아오지 못할까'라는 불안도 있지만 '돌아오지 말까'라는 겨운 삶의 고단함을 이 시는 감각적으로 보여주고 있다.

삶은 창고다. 하루가 열리면 하루만큼의 사연이 생기고 열흘이 지나면 열흘만큼의 이야기가 쌓인다. 그렇게 살아온 각자의 창고에서 반짝이는 기억을 꺼내 확인하며 행복해하거나 혹은 괴로워한다. 먼지로 덮여 들춰낼 수 없는 것들에 비해 꺼내보고 꺼내보며 마음 때가 묻어 반들거리는 사연의 얼굴은 우리를 살게 하는 힘이다. 쓸어주고 닦아주면서 또 다른 하루를 열어가는 발걸음이다. 잊고 싶지 않은 기억으로 평생을 사는 사람에게 기억은 곧 삶이다.

호텔이자 카지노인 스트라토스피어 타워Stratosphere tower에 올랐다. 뛰어들어 빠져드는 불빛의 유혹, 불나방의 천국은 아침 햇살에 죽은 듯 고요해진다. 때론 화면이 불빛인 듯 빠져들어 햇살이 핀 아침도 알지 못한다.

- 김태실의 수필 「기억의 숲 1」 중에서

비단같이 얇은 복숭아 껍질을 살살 벗겨 한입 덥석 무니 물컹한 단물이 줄줄 흐른다. 새콤달콤한 복숭아 맛이 맛깔스럽다. 상자에 찍힌 전화번호가 또렷하다. 누이 생각이 불현듯이 나 복숭아를 씹으면서 전화를 걸었다. "누이야! 복숭아 다 땄나?" "아직 멀었지." "오빠! 우리는 복숭아 딸 때면 서방도 못 봐." 대답이 걸작이다. 복숭아는 오전에만 아기 다루듯 조심스레 따야 하기 때문에 수확이 가장 어려운 작업이고, 추석 때까지는 꼼짝을 못 한다며 겨울에나 만나자고 한다. 끝맺음 인사가 가슴을 찌른다. "우리 친정 사람들은 아직도 나를 개무시할 걸. 호 호 호!" 아린 과거를 날려 보내는 복사 빛 웃음소리가 들린다

　　　　　　　　　　　　　　 – 곽영호의 수필 「누이야! 복숭아 다 땄나」 중에서

　　김태실의 수필 「기억의 숲 1」은 국제결혼을 하고 샌디에고에 살고 있는 딸과 사위와 함께한 시간의 이야기를 담고 있다. 그리워도 쉽게 찾아가 만날 수 없는 먼 나라에 사는 딸을 만나는 기쁨이다. 그리고 체류하는 동안 카지노의 천국 라스베거스, 레드 락 캐년 국립 보호지역 등 딸 내외와 함께한 관광 명소를 경이로운 시선으로 맞이하고 있다. 삶은 기억의 창고라고 이 수필은 말한다. '하루가 열리면 하루만큼의 사연이 생기고 열흘이 지나면 열흘만큼의 이야기가 쌓인다. 그렇게 살아온 각자의 창고에서 반짝이는 기억을 꺼내 확인하며 행복해하거나 혹은 괴로워한다.'는 것이다. 간호사로 일하며 대학원 공부를 하는 딸의 집을 방문하고 함께했던 추억을 꺼내 삶의 활력소로 삼고 있다는 이 수필은 지난 시간에 대한 그리움이다.

곽영호의 수필 「누이야! 복숭아 다 땄나」는 복숭아 농사를 짓는 복순이 누이의 복숭아 밭 방문기이다. 만개한 4월의 복사꽃과 도화 빛 얼굴의 누이가 반겨주는데 활짝 꽃잎을 열고 있는 봉숭아꽃의 봄 풍경에 취하고 만다. '진정 환상의 세계다. 복숭아꽃이 만개한 이천의 복숭아마을 봄 풍경은 어디에도 비교가 되지를 않았다. 홍조를 머금은 듯 분홍색 꽃이 온통 마을을 뒤덮어 마치 극락세계에 온 느낌이다.'라고 감탄하는 이 수필은 환상적인 꽃의 아름다움 못지않게 지역의 왕언니로 살고 있는 당당한 복순이 누이의 홍조 띤 모습에 머물게 한다. 어린시절 가난에 찌든 삶을 딛고 자신을 추수리어 이룩한 복숭아밭의 풍요를 자랑스럽게 바라보는 화자의 시선이 넉넉하게 스며든다.

오늘도 난
여전히 밖에 나가 쇠똥구리를 잔뜩 짊어지고
집에 들어왔다
이놈의 쇠똥구리는 좀처럼 떨어지지 않고
아예 소파에 누워서 쇠똥구리 놀이중이다

몸은 텅 빈 조개껍질처럼 허무한데
머릿속은 쇠똥구리가 자라서 좀처럼
가벼워지지 않고 더욱더 무거워지고
　　　　　- 김영숙의 시 「쇠똥구리」 중에서

자식 잃은 어버이들 살아갈 길 막막하다

고귀한 어린 생명들 영혼으로

환생하여 부모아픔 달래주길

생떼같은 자식새끼

넋이라도 건져 올려 한 많은 세월호에

탄식으로 하소연하여

피멍든 가슴 씻어 주기를 빌고 또 빌어본다

      - 권명곡의 시 「마지막 소풍消風이 되어」 중에서

아기 모를 새로 입양 받은 논

새들이 알에서 깨어나듯

새벽잠에서 깨어난다

논은 수심 얕은 호수다

개구리 울음이 호수 빛처럼 푸르고

노란 달맞이꽃 하얀 개망초꽃 물 위에 꽃피우는

아기 모가 희망의 노를 저어 가는

      - 이규봉의 시 「논의 나라」 중에서

맞은편 305동 베란다에는

여름내 흘린 땀들을

헉헉대며 흡입하던 묵직한 더위가

메주덩이처럼 주렁주렁 말라가고 있다

이슬처럼 내려앉은 가을은

새벽 창을 밀고 들어와

홑이불을 끌어당긴다

    – 전옥수의 시 「에어컨 실외기」 중에서

김영숙의 시 「쇠똥구리」는 밖으로부터 시작된 고뇌가 집안으로 연속되는 오늘 하루 내내 나를 집요하게 붙들고 있는 씻어내지 못한 고단함을 그렸다. '쇠똥구리'는 본래 곤충의 이름이지만 이 시에서 차용된 의미는 소나 말의 배설물에서 맡게 되는 구린내를 상징한다. 지독하게 불쾌한 근심걱정이 몸에서 떨어지지 않고 괴롭히고 있다. '오늘도 난/여전히 밖에 나가 쇠똥구리를 잔뜩 짊어지고/집에 들어왔다/이놈의 쇠똥구리는 좀처럼 떨어지지 않고/아예 소파에 누워서 쇠똥구리 놀이중이다'소파에 누워서도 버리지 못하는 상념이다.

권명곡의 시 「마지막 소풍消風이 되어」는 2014년 4월의 진도 앞바다가 수많은 어린 생명을 수장시킨 슬픔을 그려내고 있다. 대한민국 모든 국민이 조문객이 되어 아픔을 나누던 세월호의 비극을 담아내고 있다. 문학의 산물은 시인 작가의 자전적 삶의 편린이기도 하지만 이를 확대하여 우리 사회가 안고 있는 모순과 아픔 슬픔에 무관심할 수 없다. 우리 모두는 이 사회를 형성하는 주인공이기 때문이다. 권명곡시인의 포착한 시선은 사회공동체적 인식의 시선이다. '하늘도 땅도 이 나라의 모든/어버이들의 가슴이 무너져버렸다.'는 슬픔나누기의 현장이었다.

이규봉의 시 「논의 나라」는 제목만으로 어느 잃어버린 세월 속에 묻힌 제국을 만나게 되는 줄 알았다. 그러나 '아기 모를 새로 입양 받은 논/새들이 알에서 깨어나듯/새벽잠에서 깨어난다' 는 인용한 3행의 언어가 제시하는 공간성으로 그 선입견은 수정될 수 있었다. 어린 모가 논에 심겨지고 새들이 새벽잠에서 깨어나듯 싱그럽게 눈을 뜨는 아침을 맞이하면서부디이다. 수심 얕은 호수에 개구리 올음이 호수 빛처럼 푸른 나라, 달맞이 꽃, 개망초 꽃을 피우는 이곳이 '논의 나라' 논의 제국이다. '고요한 아침의 나라/아침 햇살이 드디어 논의 나라에 날개를 편다.'는 시인의 상상 속 나라가 맑은 소제들로 아름답게 건설되어 독자를 맑은 이슬방울 속으로 초대하고 있다.

전옥수의 시 「에어컨 실외기」를 읽는다. 시는 시어의 예술성으로 그 가치를 가늠 받고 있다. 전옥수의 시에서 주목하게 하는 부분은 바로 구조된 소재들의 급격한 움직임들이다. 베란다에는 여름내 흘린 땀들을 헉헉거리며 흡입하던 묵직한 '더위'가 '메주덩이'가 되어 주렁주렁 말라가고 있다. 또한 이슬처럼 내린 '가을'은 의인화 되어 홑이불을 끌어당기는 동적 움직임을 보인다. 계절은 홑이불을 끌어 당겨야 할 만큼 서늘한 가을을 맞이하고 있지만, 칠 벗겨진 나무 의자에 앉은 그녀의 계절은 열대야를 맞고 있다. 사물이 인물화 되고, 인물이 여름날의 무더위가 되어지는 시인의 물아일체 동일시 정신의 주조를 확인할 수 있는 시다.

부업한다고 고무 바킹 따던 2층집 두 할머니는 생존해 계시는
지, 남편이 영화사업 한다던 새댁 네는 불행한 일을 겪었다는데
어떻게 사는지, 시끌시끌하지만 정이 많던 보람이 엄마도 기억에

남는 사람이다. 놀다 지치면 아무데서 쓰러져 자던 순둥이 보람이지만 잠에서 깨면 어지간히 징징거려 제 엄마가 무척 힘들어했던 기억이 난다. 그 애는 또 얼마만큼 변했을까 궁금하다. 아무것도 그 애들은 기억하지 못하겠지만 그쯤의 내 기억창고는 선명하다. 큰 공장이 있던 서울사료는 그대로인지 우리가 살던 그 허름한 빌라는 다시 지어졌는지 내동 교회는 건재한지 모두가 그리운 편린들이다.

　　　　　　　　　　　　- 김숙경의 수필 「내동內洞 사람들」 중에서

　아직은 친구라고 못을 박는 딸의 말을 들으며 고개를 끄덕여 주었다. 친구와 연인사이엔 무엇이 있을까 생각을 하며 친구가 연인이 되고 부부도 될 수 있다는 말은 하지 않았다. 요즘 아이들은 쉽게 사귀고 쉽게 헤어지지만 내 딸은 그러지 않았으면 좋겠다. 때론 싸우기도 하겠지만 그러면서 이해하고 배려하는 마음도 배우게 될 것이기 때문이다. 어디선가 이름 모를 향기가 코끝을 간지럽힌다. 작은 새 두 마리의 부리에서 날아온 사랑의 향기가 아닐까 잠시 두리번거린다. 친구든 연인이든 함께 한다는 건 기쁨이고 행복이다. 그들 사이엔 아름다운 이야기들이 은하수가 되어 흐른다. 평생의 짝을 만나는 일, 그것의 시작이기 때문이다.

　　　　　　　　　　　　- 박경옥의 수필 「친구와 연인 사이」 중에서

　눈치라는 말이 떠올랐다. 당당하던 내가 갑자기 눈치 앞에서 주눅이 드는 기분은 비겁하고 아니꼽기도 했다. 후회라기보다는 한

번은 거쳐 가야 할 관문처럼 생각했다. 그리고는 내 답답함을 들어줄 사람이 필요했다. 아무런 말을 내뱉듯이 지껄여도 밖으로 나가지 않고 내 입안에 있을 수 있는 그런 사람은 나밖에 없다는 것을 아들과 살아가며 느끼게 했다. 두드려도 둔탁한 소리로 존재의 의미만을 안겨주는 돌다리가 되어야 했다. 울 밖으로 새어나가지 않는 소리, 가슴에 꼭꼭 잠긴 나만의 소리를 소화시키고 입밖으로 나오지 말아야 할 돌의 둔탁한 소리가 필요했다. 그런 돌다리의 소리를 추구하며 꾹꾹 나를 다스려 나갔다.

- 공석남의 수필 「돌다리」 중에서

따스한 눈빛을 본 사람들이라면 덩달아 기분 좋고 행복한 감정을 느꼈을 것이다. 마음의 창이요, 거울인 눈은 사람의 생각과 영혼까지도 그 속에 담겨 있다고 생각한다. 눈빛이 좋은 사람과는 한없이 마주보며 대화를 하고 싶은 반면, 그렇지 않은 사람은 고개를 들어 바라보는 것조차도 힘겨운 일이 될 수 있다. 말 한마디로 천 냥 빚을 갚는다는 속담이 있다. 진실 되고 따스한 눈빛은 천 냥 빚을 갚는 것은 물론이거니와 좋은 사람이기에 항상 곁에 두고 살 것이라 생각한다. 오늘, 지금 당장 내 주변의 사람들에게 환한 눈빛을 보낼 일이다. 꾸밈없는 진실한 눈빛으로 세상이 좀 더 아름다워졌으면 하는 바람이다.

- 남정연의 수필 「눈으로 사랑을 말해요」 중에서

김숙경의 수필「내동內洞 사람들」은 아이들 낳고 키우던 젊은 시절의 순수로 되돌아가고픈 그리움을 담고 있다. 부천의 내동 사람들은 인정이 많아 이웃이었지만 내 집 식구처럼 서로의 어려움을 나누고 도와주던 사람들이다. 현정이 엄마, 진경이 엄마. 혜연이 엄마, 이층 집두 할머니, 보람이 엄마 등 각기 다른 직업과 다른 사정을 지니고 자기 몫을 지니고 생활하던 시절의 사람들이지만 진정으로 마음을 나누던 잊지 못할 사람들이라고 이 수필은 소개하고 있다. 가난한 시절 위로가 되어주던 이웃들, 그들 곁으로 돌아가고픈 그리움이 짙다. 비록 넉넉지 않았지만 인정이 흐르던 날의 아름다움을 엿볼 수 있다.

박경옥의 수필「친구와 연인 사이」는 딸에게 생긴 남자친구를 바라보는 엄마의 관심이다. 어떤 친구일까, 무엇을 하고 어떤 모습을 하고 있을까 공연히 설레게 되고 조바심하는 엄마의 마음을 보여준다. 산책길에서 만난 작은 새 두 마리를 바라보다가 날갯짓이 눈부시게 아름답다 생각하는 화자는 이들이 친구일까 연인일까를 걸음을 멈추고 생각하고 있다. 모든 생물에게 짝을 지어주신 신의 섭리에 감탄하고 세상에서 가장 아름다운 모습은 두 손을 꼭 잡고 웃고 있는 신랑신부의 모습이라는 것이다. 하여 딸의 남자친구에 대한 호기심은 당연한지 모른다. 딸과 남자친구의 아름다운 관계를 기대하는 엄마의 마음을 이 수필은 들려준다.

공석남의 수필「돌다리」는 다리의 효율적 기능에 대하여 말하고 있다. 공간과 공간을 잇는 땅과 땅 사이에 흐르는 강이나 시냇물, 개천 사이에 놓여진 구조물이 다리이다. 죽주산성의 돌다리를 보면서 결혼한 아들네 살림을 도와주는 자신의 역할에 대한 성찰이 이 수필의 핵

심적 주제이다. 나아가 세상과의 소통과 스스로의 삶을 윤택하게 하는 가교로서의 존재를 문학의 힘으로 귀결시킨다. '한 생을 돌다리처럼 둔탁하지만 소박한 자연의 소리와 함께 할 수 있는 것은 문학이라는 끈이었음을 깨닫게 한다. 하소연을 하여도 말없이 받아주고 밖으로 새어나갈 일 없는 것, 이보다 더 좋은 돌다리는 없다.'라고 확신이다.

남정연의 수필 「눈으로 사랑을 말해요」는 눈으로 말하는 대화를 말한다. 눈은 마음의 거울이며 그 사람의 생각이나 감정을 읽을 수 있는 부분이다. 때문에 사람의 눈은 거짓 없이 드러내는 마음의 창이라고 이 수필은 말한다. 특히 사랑하는 사람들이라면 상대의 눈을 통해서 사랑의 정도를 확인하게 되고 사랑이라는 그 깊은 늪에 빠져들게 된다는 것이다. '사랑에 빠진 연인들은 대화할 때 다른 사람과 사물은 존재하지도 않는 양 오직 서로의 눈빛만 바라보며 사랑을 속삭인다. 그 얼마나 부드럽고 따스하고 사랑스러운 눈빛 교감인지 모른다.' 눈으로 말하는 소리 없는 사랑의 말이 더 아름답고 그윽하다 단언하고 있다.

그리움 묻어버릴
망각의 숲은 보이지 않는다

붉은 상처 떼어버리려
힘을 주며 걸어도
부서져 버린 어둠 밟아도
상념은 푸르디 푸르다
　　- 김주현의 시 「그리움」 중에서

혼들리는 세월 무게에

헐거워지는 나사 조이기에 바쁘다

달콤한 속삭임 희미한 그림자로 숨고

아야가 자리를 편다

일어서며 아야

앉으며 아야

- 임종순의 시 「아야와 앗싸」 중에서

덮치고 휘감기며

너울대는 자맥질로

심연의 울림 해무로 퍼 올리는

백발 갈기 굽은 등

굽이굽이 지나

무리에서 포락浦落되어

- 김영화의 시 「피에타 -파도」 중에서

어린 것들이 복의 나무 다투어 기어오른다

경계를 넘어버린 것은 신의 아들 처형식의 재목이 되었다

골고다 길가에 세워져 모욕의 시간을 버티고 있다

태양이 슬며시 발을 옮기니 분노의 울음이 쏟아진다

- 정소영의 시 「또 다시」 중에서

김주현의 시 「그리움」을 감상한다. 지워지지 않는 대상에 대한 연연함이 가슴 깊이 스며들고 있다. 대상의 실체는 보이지 않지만 '산을 오르고 올라도'라는 공간적 제시로 보면 생존해있지 않은 사람에 대한 그리움으로 유추된다. '그리움 묻어버릴/망각의 숲은 보이지 않는다'고 할 만큼 지워버릴 수 없는 상처의 그리움이라는 사실이다. '붉은 상처 떼어버리려/힘을 주며 걸어도/부서져 버린 어둠 밟아도/상념은 푸르디 푸르다'는 망각의 숲을 찾지 못한 붉은 상처로 유리된 정신은 푸르디 푸른 상념의 크기만 더 키우고 있다. '잊는다는 게/잊어버린다는 게/뜻대로 안됨을 배운다//온종일 바람 서글프게 울어댄다'

임종순의 시 「아야와 앗싸」는 연만한 나이의 사람들이 공감할 수 있는 세월의 무게를 느낄 수 있는 메시지의 시라는 생각이다. 사진작가 동아리회원들의 출사현장에서 일어난 현실적인 문제를 모티브로 설정한 재치 있는 언어를 보여주고 있다. '흔들리는 세월 무게에/헐거워지는 나사 조이기에 바쁘다/달콤한 속삭임 희미한 그림자로 숨고/아야가 자리를 편다/일어서며 아야/앉으며 아야' 세월의 무게에 헐거워진 육신이 자연스레 지르는 비명이 '아야'이다. 그러나 우연히 만난 이방인 친구의 발상에 기氣를 찾게 된다. '앗싸 다/일어서며 앗싸/앉으며 앗싸' 인식의 변화가 제공하는 생동감이 삶을 긍정하게 하며 재미를 전하고 있다.

김영화의 시 「피에타 -파도」는 자식의 주검을 무릎에 앉고 슬퍼하는 어머니의 아픔이다. 이 시의 언어로 보면 어느 한 곳도 죽은 자식의 모습은 보이지 않지만 파도의 자맥질로 은유된 심연의 아픔은 있다. 더군다나 제목이 상징하는 예수의 어머니 마리아의 슬픔을 회화로 표출한 '피에타'의 은유는 지난 봄 진도 앞바다의 슬픔을 구현하고 있다는 생각이다. 수많은 어머니들이 죽은 자식을 품에 안고 슬퍼하던 파도의 몸부림이다. '덮치고 휘감기며/너울대는 자맥질로/심연의 울림 해무로 퍼 올리는'아픔이다. '점점이 부서진 파도 실핏줄/숨찬 끝 놓을 줄 모른다'는 자식을 가슴에 묻은 세상 모든 어머니의 슬픔이다.

정소영의 시「또 다시」는 기독교 신앙인의 시각으로 사람의 세상에 놓인 죄와 벌의 생성과정을 바라보고 있다. 종교철학의 깊이를 느끼게 하는 이 시는 세상 속에 숨 쉬는 죄의 이름으로 존재하는 대상에 대한 경고이며, 죄 없는 이가 맥없이 겪는 고난을 말한다. '경계를 넘어버린 것은 신의 아들 처형식의 재목이 되었다/골고다 길가에 세워져 모욕의 시간을 버티고 있다'는 언어의 의미에 주목해 본다. 이 시의 제목은 '또 다시' 그리스도가 골고다 언덕에서 모욕을 당하던 희생의 날을 예감하고 있다. 그러나 '볼품없이 뼈만 남았지만 뿌리는 땅을 넓혀 면역력을 키운다'는 긍정의 힘이 있어 '부끄러운 팔들은 서로 얽혀 기대어 허공을 살아간다/다시 오른 잎들은 굽은 팔에 이리저리 황금열매를 묶는다'는 희망으로 세상은 다시 삶으로 지속하고 있음을 확인하게 된다.

> 무쇠같이 찾아온 비,
> 운명 다 잠길 때까지 눈물 흘리고
> 백색의 무명치마 지지랑물에 색이 바래
> 흙길에 새겨진 얽히고설킨 넝쿨줄기들
> 풀숲에 웅덩이 만들어 나를 반겨 주네
> — 장선희의 시「한 풀 죽다」중에서

뒤꼍으로 내던져진 추운 무렵
얼굴을 뒤덮은 검푸른 이끼 껴안고
저물어가는 노을에 성내는 다짐으로
바닥에 고인 붉디 붉은 마음
저녁 끼니로 차려 낸다
　　　　　- 김은희의 시 「어머니의 가마솥」 중에서

서리꽃 단풍이 가을을 쓴다

비가 올려나 몸이 아프다

온몸이 쑤시고 아픈 가을이

남긴 한마디
　　　　　- 원경상의 시 「서리꽃 단풍」 중에서

빛을 가둔 하늘
꼼짝달싹 못해 터져버린 울음보
먹구름 안고 뛰어내린다

거침없이 떨어져
잘게 부서진 몸뚱아리
　　　　　- 정정임의 시 「비」 중에서

장선희의 시 「한 풀 죽다」는 우선 비의 실체가 가볍지 않다는 것이다. 이 비는 무쇠의 단단한 성질을 지니고 나에게 찾아왔다. 비는 곧 눈물이라고 보면 눈물의 정도, 눈물의 크기는 '백색의 무명치마 지지랑물에 색이 바래'에 가 닿을 수 있다. 이는 애원하고 애원해도 말릴 수 없는 슬픔이다. 장선희의 시가 제시하고 있는 메시지라고 할 수 있는 핵심적 요소는 바로 두 번째 연의 두 행으로 귀결된다는 사실이 이를 뒷받침하고 있다. '눈물이 비가 되어 속울음 쏟아내고/비는 눈물을 삼키고 아픔을 남기네' 비의 아픔이 눈물이라는 슬픔의 산물을 배태시켰다면, 슬픔은 비의 아픔을 남기게 된다. 결과론적으로 비와 눈물 슬픔과 아픔은 모두 동일한 유전인자를 지니고 치유할 수 없는 마음에 상처로 남고 만다.

　　김은희의 시 「어머니의 가마솥」은 반지르한 줄무늬 가마솥과 검푸른 이끼 껴안은 어머니가 사물과 인물로, 인물과 사물로 동일시되는 화신(化身)이다. '지푸라기 소여물 묽은 죽 끓이며/수십 해를 살아온 인내/그을음으로 뒤덮여 지켜온 세월'을 등에 짊어진 어머니의 고단한 삶을 가마솥은 그려낸다. 지문 벗겨진 귀(손잡이), 동그마니 구멍 난 옆구리, 곁을 지키던 사람 없어져도 외로움 아닌 척 태연한 어머니의 모습이 가마솥에 어린다. '뒤꼍으로 내던져진 추운 무렵/얼굴을 뒤덮은 검푸른 이끼 껴안고/저물어가는 노을에 성내는 다짐으로/바닥에 고인 붉디 붉은 마음/저녁 끼니로 차려 낸다'는 저물어 가는 어머니의 노을빛 다짐은 붉게 녹이 슬어도 저녁끼니를 차리는 가마솥이다.

　　원경상의 시 「서리꽃 단풍」은 짙은 소멸의 편지를 읽는 가을의 말을 듣게 된다. 붉은 단풍은 서리라는 언어로 겨울이 다가옴을 전하고 있다. 이별의 예감이다. 나아가 깊은 가을의 추위를 끌고 오는 서리꽃 위에 시인은 비의 역사를 쓰고 있다. 몸이 아프고, 온 몸이 쑤신다고 한다. 비가 내릴 것이라는 예감이지만 시는 비의 존재를 떨어져 내리는 단풍의 아픔으로 대입시키고 있다. 서리꽃 위에 내리는 비는 단풍의 눈물이다. 하여 몸이 아프다. 온몸이 쑤시고 아픈 것이다. 몸은 마음의 지시를 받는 대상이다. 이별의 아픔이 허리 굽은 서리꽃 가을을 보내고 있다. '싹싹 쓸지 말고 살살 천천히' 가을을 보내고 있다.

정정임의 시 「비」는 행동하는 비, 스케일이 대범한 몸짓의 비를 맞이하게 된다. 정정임의 여러 편의 시가 지닌 특별한 색감이라고 볼 수 있는 주저함 없는 끌어당김이 이 시에서도 나타나고 있다. 때로는 당당하고, 때로는 통쾌할 때도 있다. '빛을 가둔 하늘' 설득력 있는 이미지가 보인다. 하늘이 해의 몸을 꼼짝달싹하지 못하게 가두어 놓은 그림이 보인다. '꼼짝달싹 못해 터져버린 울음보/먹구름 안고 뛰어내린다'는 비의 실체는 해가 쏟아내는 울음보라는 것이다. '거침없이 떨어져/잘게 부서진 몸뚱아리/하늘만큼 커진 슬픔/강물처럼 흐른다'는 이 슬픔은 하늘에 갇힌 해의 눈물이었던 것이다. 풍부한 상상력의 소산이다.

벽을 마주하고
혼자 누워 있다.

숨소리를 내뱉는 고요
실핏줄까지도 당겨간다.

귓속 가득 차는 발자국 소리

둘러보면 차디찬 벽뿐

     - 조영실의 시 「벽」 중에서

남쪽나라

따뜻한 바람

저녁노을 깊다

의좋은 V자 군무

하늘 높이 나르며

끼룩 끼르룩

     - 김광석의 시 「기러기」 중에서

잠결에 생각난 눈사람

어두운 곳에서 혼자

두려움에 떨고 있겠다

철부지 시절 지나

오십 줄에 들어선

나를 닮은 눈사람

     - 김명식의 시 「눈사람」 중에서

조영실의 시 「벽」을 읽는다. 벽은 공간과 공간을 차단하는 단절의 의미를 지닌다. 갑갑하고 숨막히는 시야가 차단된 대상이다. 이 권태로운 대상과 마주하고 한 사람이 혼자 누워 있다. 소통의 기미가 보이지 않는 존재 앞에서 숨소리를 머금은 고요가 숨소리를 뱉어낸다. 적막의 극한을 보여주는 고요는 마침내 숨소리를 뱉어내더니 몸속의 실핏줄까지도 당겨 가고 있다. 몸의 순환 흐름을 감지한 모양이다. 언어가 언어를 머금듯 긴장감을 더하는 이 공간의 움직임들은 드디어 밖의 소음까지 신경을 곤두세우고 있다. 오죽하면 들려올까만 귓속 가득한 발자국소리는 끝내 내 안으로 들어오지 못한다. '둘러보면 차디찬 벽뿐'이다. 마침내 '벽은 사각의 공룡이 되어/나를 삼켜버린다.' 나를 삼켜 버렸다.

　　김광석의 시 「기러기」는 '남쪽나라/따뜻한 바람' 따라 날아온 철새들의 이주를 만날 수 있다. '의좋은 V자 군무/하늘 높이 나르며/끼륵 끼르륵' 날고 있지만 그들의 울음은 '제비 올 때/가져간 감사의 노래'가 아니다. 굶주림의 고통을 견디고 있을 먼 나라의 걱정이다. '아직 꽁꽁 얼은/먼 나라 애처로워/끼륵 끼르륵' 울고 있다는 것이다. 이 시는 외형적 의도는 따뜻한 나라에 날아온 철새들의 이주임에 분명하다. 그러나 내연의 의미를 생각하지 않을 수 없다. '아직 꽁꽁 언/먼 나라'가 안고 있는 은유의 본질에는 굶주림의 고통 속 통토의 북한 땅, 그곳 주민들의 삶을 애처롭게 생각하는 탈북동포들의 고뇌가 깊다.

　　김명식의 시 「눈사람」을 읽는다. 눈 오는 날 만들어 놓은 눈사람을 바라보다 세상 고초 모르는 짓궂은 표정을 발견한다. 마치 자화상을 바라보듯 이 시는 전개된다. 삶의 어려움 모르고 살아 온 내 모습을 보여준다. 그리고 맞이한 어둡고 추운 밤이다. 불현듯 생각나 눈사람을 걱정하고 있다. 이 시는 구조적으로 3연에서 드러나지만 자화상을 그려내고 있는 것이다. 앞이 보이지 않는 어둠 속의 나를 생각하고 두려움에 떨고 있는 나를 생각하는 것이다. '철부지 시절 지나/오십 줄에 들어선/나를 닮은 눈사람'이다. 안정된 구조로 들려주는 '나를 닮은 눈사람'의 이야기 한마당을 들을 수 있었다.

동남문학회 회원 24명의 숨소리를 한 사람 한 사람에 귀 기울이며 들었다. 동남인의 대서사시를 감상한 느낌이다. 어쩌면 그렇게 각기 지니고 있는 숨결로 다채로운 노래를 들려주는지 취할 수 있었다. 동인지의 음성은 여러 성부의 악곡을 여러 사람들이 각기 맡은 2부 3부 4부 등으로 화음을 이루며 다른 선율로 부르는 노래인 합창과 같다. 2014년 동남문학 동인지 제15집 「1초의 미학」의 감동은 동남문학 장대한 역사의 흔적이 될 것이다. 대한민국 동인지 역사의 큰 획을 긋는 장구한 내일을 기약하는 단초가 되리라는 기대를 갖게 한다.

1초의 미학

엄마랑 열다섯 번째 이야기

동남문학

1초의 미학

열다섯 번째 이야기

동남문학회 지음

전영구 김태실 최정우 서선아 곽영호 김영숙 권명곡 이규봉
김숙경 전옥수 박경옥 공석남 김주현 임종순 김영화 남정연
정소영 장선희 김은희 원경상 정정임 조영실 김광석 김명식